死者のための音楽

山白朝子

角川文庫
18254

目次

長い旅のはじまり

一

部屋で写経していると、庭の草葉に雨粒の当たる音が聞こえてきた。日照りが続いていたので、この雨が村に恵みをもたらせばよいのだがと思った。やがて表の戸が叩《たた》かれて、ためらいがちな女の声がした。

「どうか。どうか……」

家の前に女が立っていた。女は雨に濡《ぬ》れて震えていたが、私を見るとうつろな表情で言った。

「この子に、お経を……」

女は死んだ子供を抱えていた。女をお堂に案内して、私の用意した茣蓙《ござ》の上に、その子を寝かせた。全身が泥で汚れていたが、顔のところは母親が拭《ぬぐ》ってきれいにしてある。私がお経を唱えている間、女は子供の冷たい手を握っていた。

「足を滑らせて、川に……」

「村の北に流れている川かね」

「はい、その通りでございます」

動かない子供の胸に手を置くと、手のひら全体にじんわりと冷たさが忍び寄った。子供の体はやせ細っており、肋骨《ろっこつ》の感触が手のひらにごつごつと当たった。

「昔、その川に知りあいの母子《おやこ》が身を投げた。流れの速い上流でのことだ」

私は、記憶しているお経を呟《つぶや》く。

「さきほどのと違いますね」

「川に消えた子供が、生前に唱えていたものだ」

「和尚様がその子に教えたのですね」

「その子はだれからも教わっていない。生まれたときから経を知っていたのだ」

＊＊＊

寺に来て間もないころのことだった。その年、日照りと病で村の大勢が死んだ。村全体を腐臭が覆い、蝿《はえ》の飛ぶ音を聞かない日はなかった。私は村を歩きながら家々でお経を読んだ。供養すると村の人々はほっとした顔つきになる。私が少女に会ったのは静かな夜のことだ。眠ろうとしていると表の戸が叩かれた。出てみると月明かりに照らされて見知らぬ少女が立っている。

「助けてください」

「どうかしたのかね」

「襲われて、父様《とと》が……」

ぴちゃ、と雫《しずく》の垂れるような音が聞こえた。少女の下腹部に小刀が突き刺さって地面に点々と赤い雫が落ちている。少女をお堂に横たわらせると、足の速い村の若者に頼んで、町に住んでいる医者を呼んできてもらった。医者はお堂に駆け込んでくると、少女の腹の傷を針と糸で縫った。

「あの子はこの辺の者ではない。言葉が違う。旅をしている者の服装だ。きっと物盗《と》りに襲われたのだろう。よくあることだ」

医者はそう言うと風呂敷《ふろしき》包みを担いで町に帰った。

村人たちは少女の父親を探しに山へ向かった。昼頃に戻ってきた彼らの話によると、山奥の道から外れた崖《がけ》のそばに少女の父親らしい死体があったという。鼻と耳は削《そ》がれており、いたるところを切り裂かれていたそうだ。村人たちはその死体を連れて帰らずに、穴を掘って地中へ埋めた。

「以前もこんなことがあったような気がします」

「それはいつのことだ？」

「わかりません」

「どうしてわからない？」

「自分のことが曖昧《あいまい》で、名前も思い出せません」

布団に横たわる少女はうつろな声で返答する。恐ろしさのせいか、自分の名前をすっかりわすれていた。

「これでは、呼ぶのに困りますね」

少女の世話をしてくれていた女が言った。

「私のことは、てきとうな名前で呼んでください」

「では、これからお宮《みや》と呼ぶことにしよう。それでもいいかね」

少女はうなずく。

「お前は父親と二人で旅をしていたそうだな。どこからきた？」

お宮は首を横にふる。

「でも、父様の名前なら覚えています」

お宮は父親の名前を口にした。しかし遠い地方の言葉らしく、私には、その名前を聞いても発音することができなかった。

「父様に連れられていろいろな場所を旅しました。いつも、私の手を引っ張って進むべき道を示してくださいました。旅をしながら、ありがたいお経を人々に読んでくださいました」

「子供を連れた坊主とは珍しい」

「父様はお坊さんではありません。でも、昔からお経をご存じでした。私はそのお経が好きでした。耳にすると安らかな気持ちになりました」

お宮は話しながら布団に身を起こそうとしたが、苦痛に顔をしかめる。

「まだ動かない方が良い。お前は、腹に小刀を刺されていた。生きていることさえ不思議だ」

「和尚さま。私を刺した小刀はどこ？」

「とってある」

「犯人はそれで父様を刺しました」

「自分の名前はわすれたのに、そのときのことは覚えているのか？」

「はい」

お宮は父親が殺されたときの様子を語った。犯人は大柄な男で、仲間の姿はなく、一人での犯行だったらしい。

「そいつの顔を描けるか？」

「いいえ……」

お宮が無念そうに瞼《まぶた》を閉じると、涙の粒が白い頬の丸みに沿って伝った。

お宮は最初のうち寺のお堂で寝泊まりしていたが、一人で生活できるようになると、村の隅にある廃屋を借りた。

お宮が子供を身ごもっているとわかったのは、彼女が村に来て三ヵ月後のことだ。

「和尚様、私の腹に、子供がいるようです」

お宮は正座をして、困惑気味に打ち明けた。かわいそうに。父親が殺されたとき、犯人に襲われていたのだろう。しかし、私の考えを察して彼女は首を横に振る。

「和尚様、私はなにもされませんでした」

「じゃあ、相手は村のだれかなんだね」

「そのような相手はおりません」

「しかしおまえの腹には子供がいるのだろう」

「自分が身ごもっていることを感じます。でも、私はだれとも、そういうことはしていませんったら」

「自分の名前も、生まれ故郷もわすれてしまったのに、なぜ言い切れるのだ」

「ほかのことは覚えてます」

「まあいい。産婆を紹介してやる」

村の産婆のところにお宮を案内した。少女を預けると、私は寺に戻って掃除をした。夕方頃に産婆が寺へ来る。歩くのもままならない年寄りの女性だったが、どうしても私に伝えたいことがあったらしく、わざわざ足を運んだらしい。産婆は嗄《か》れた声で言った。

「和尚。私はあの子の体を診《み》た。確かに子が宿っている。しかしあの子の体は無垢《むく》だぞ。まだ経験がないらしい」

二

ある秋の日、境内の落ち葉を掃いていると、お宮がやってきて、一緒に山へ行くことになった。並んで歩きながら遠くの景色を見ると、村人たちが田んぼの中で仕事をしていた。刈り取った黄色い稲を束ね、数本の稲を縄がわりにして結んでいた。

「まだ畑仕事を続けているのかね」

お宮の手は泥で汚れている。

「よくない、よくないぞ。もう休んでおくべきだ」

「平気です」

「その腹では、自分の足下も見えんだろう」

お宮の着物は前の部分が大きくせり出していた。いつ赤ん坊が生まれてもおかしくない時期だ。

「山に行くことも本当は止めたいのだ」

「和尚様が行かないのなら一人で行きます」

産む前に父親の墓参りをしたいと言ってお宮は聞かなかった。

「お宮姉さん。お宮姉さん」

子供の声が遠くから聞こえてくる。村に住む鈴《すず》という少女が手を振りながら歩いてきた。遊んでよ、と言いながらお宮の手に指を絡ませる。

「お姉さんは今から用事があるの」

「じゃあ、お腹を触ってもいい？」

お宮は自分の腹を鈴に触らせた。胎内に動くものがあるのは間違いなかった。しかし私は子供たちのようにはしゃぐことができない。

「いい加減、考えるのをおやめになったらどうです」

鈴と別れて歩いているときお宮は言った。いつのまにか私たちは山に入る坂道を歩いている。

「怖くないのか。どのような子供が生まれるかわからん」

「この子は、死んだ夫の子供のはずでしょう」

「そうでも言わなければ、村人たちが怖がるではないか」

お宮は町で夫を持っていたが、風邪で亡くしたそうだ、と私と産婆は口裏を合わせて村の人々に話していた。

やがて山道の途中で立ち止まる。

「……ここに来ると、あの夜のことを思い出します」

お宮は唇をかみしめた。そこは鬱蒼《うっそう》とした木々が両側から迫ってくるような、町と村の中間にある暗い道だった。旅をしていた父親と娘は、その場所で男に刃物をつきつけられ、茂みの奥へと連れていかれたのだ。

お宮は道を外れて木々の間に入っていく。そこは動物の通り道になっていて、落ち葉が厚く積もっており、腹の大きなお宮が転びやしないかと私は心配した。

「あの男は、父様《とと》に命令しました。動けば娘を殺す、と」

視界が開けて広い場所に出る。そこは切り立った崖《がけ》だった。下に渓流があり轟音《ごうおん》が聞こえている。倒木に腰かけてお宮は父親の墓を見つめた。盛り上がった地面に簡単な墓標が立っている。

「あの男を許すことはできません……」

「しかし、犯人の顔を覚えていないのではな。見つける術《すべ》もない」

私とお宮が村に戻ると、すでに太陽は沈んでいた。暗い地面に点々と光が散らばって、それらは家々の窓から漏れる竈《かまど》の明かりだった。別れるとき、お宮が「あっ」と言って私を呼び止めた。

「産婆様を呼んできてくださいませんか」

その夜、村に赤ん坊の泣く声が響いた。


ある日のことだ。

和尚様、お客さんが来たよ、と子供たちの声が聞こえたので、外へ出てみると、見知らぬ爺様《じい》が立っていた。旅の途中らしく、少し休ませてくれないかと爺様は言う。

縁側から見える境内では子供たちが隠れ鬼をして遊んでいた。雪解け水で境内には水たまりができており、子供たちはそれに足をつけないよう器用に駆け回っていた。

「仏様を拝ませていただけませんか。せっかくなのでね」

旅の人がそう言うので、お堂へ案内すると、彼は木製の観音像を一目見て首を横に振った。

「なんとも古い。顔にひびが入ってらっしゃる。これでは救ってくださりますまい。お待ちください、ちょうど良いものを持っています」

爺様は風呂敷《ふろしき》包みを広げた。中から出てきたのは両手に抱えられるくらいの、金色の観音像だ。

「旅の途中で手に入れたものです。どうですか、和尚様」

爺様は商人の笑顔になる。そのとき子供の声が聞こえてきた。

「おじいさん、ただでおくれよ」

少年がお堂の入り口に裸足《はだし》で立っている。

「病で死ぬ人が多いんだ。そいつ、ただでおくれよ」

爺様は困惑気味に言い返す。

「そりゃ無理だ」

「なんでだよ。金を払わないと救ってくれないのかよ」

裸足で外を駆け回った後らしく、少年の足には泥がついていた。汚い足のままべたべたとお堂の中を歩いてきて、少年は純粋な黒目を爺様に向ける。

「おじいさん、どこから来たんだ？」

「北のほうだ。知ってるか。北は雪がすごいんだ」

「知っとる。この村ではあんまり雪が降らん。でも、雪の多いところでは腰の高さまで降るんだ。家の中におると、屋根に積もった雪の重さで、みし、みし、って音が鳴るんだ」

爺様は感心したという顔つきで、私を振り返る。

「この子は雪の多い国で暮らしたことがあるのでしょうな。私が子供のころに暮らしていた家では、まさにそんな音がしておりました」

「おじいさん、それは違う……」

少年がなにかを言いかけたが、私は口を挟んで話を止めさせる。

「この子は北の生まれでな。おい、あっちで遊んでおいで」

外を指さして少年に言う。少年はなにか言いたそうにしながら外へ出て行った。爺様はもう仏像を売りつけようとはしなかった。風呂敷包みを抱えると、再び旅に出て行く。

「今日も掃除でいらっしゃいますか」

床を雑巾《ぞうきん》で拭《ふ》いていると、入り口の方からお宮の声が聞こえてきた。

「馬鹿言え。お前の子が床を汚していったのだ」

点々とついている足跡を指さす。

「あの子に雪国での生活について話したことはあるか？」

「私は雪国に行ったことがございません。どうやってあの子にそこでの暮らしを話せるでしょう」

私の横で雑巾を絞りながらお宮は言った。自分の息子がつけたという足跡を、一個ずつお宮は拭《ぬぐ》っていく。お宮の子供はそのとき五歳だった。寺の境内を駆け回っている姿は、普通の子供と少しも変わるところはない。お宮は自分の子供に父親の名前をつけた。しかしその名前を村のだれも発音することができなかったため、少年のことを村人たちはいちいちお宮の子供と呼んでいた。

「あの子がまた、おかしなことでも言いましたか？」

「まるで見てきたように、雪深い土地のことを話しておった」

「まだこの村から一歩も出たことがないのに」

お宮はくすくすと笑った。

まだ目にしたことがないはずの海のことや、都の道端にいる芸人の話などを、少年は時折、村人に話した。どこでそれらを知ったのかと聞くと、「わからん。でも知っているんだ」と少年は言う。あまりにも詳細に話すので村人たちは不思議に思っていた。実際に海を見たことのある者は村の中で一人しかいなかったが、そいつの話によると少年の語る海の光景はまさに真実であり、空想したものとは思えないとのことだ。

石交じりの土地にできる米は多くなかった。村人たちはいつも飢えていたが、お宮が子供を産んだあたりから風邪の流行が消えて、人々の顔は幾分か朗らかになっていた。そのせいか、村にいる子供の一人が死んだときの気持ちは酷《ひど》いものだった。しばらくわすれていたにおいを吸い込んだとき、私は、人が儚《はかな》いものであることを思い出した。

「鈴ちゃんが見つかりました。お経をあげてやってください」

お宮が寺まで私を呼びに来た。私はお宮とともに鈴の家へ向かう。十歳になる鈴は、その日の夕刻、川下で浮かんでいるところを発見されたのだ。鈴の家は村の隅にあった。家の戸口に村人たちが集まって何事か囁《ささや》いている。彼らは私を見ると困惑したような顔で口を閉ざした。

「どうかしたのかね？」

近づいて質問したとき、家の中から聞こえてくる呟《つぶや》きに気づいた。それは私の聞き慣れない経文だった。

「これは父様が生前に呟いていたお経です」

お宮は家の中へ駆け込んだ。追って家に入ってみると、お宮の父親は見あたらず、中にいたのは、茣蓙《ござ》の上に横たわる少女と、その両親と、お宮が産み育てていた少年だけだった。お経を諳《そら》んじていたのはお宮の子供である。彼は母親に気づくとお経を止めて振り返った。

「おかあ、鈴姉さんが死んじゃったよ」

「さっきのをどこで覚えたの？　それはおかあの父様がいつも読んでくださっていたものよ」

少年は正座したまま静かに言った。

「おかあ。僕は今の言葉を、初めから知っている」

少年は鈴の顔を見下ろして、ぐすんと鼻をならした。

「私はすべてを覚《さと》りました。あの子は父様の生まれかわりにちがいありません。私がどのようにしてあの子を身ごもったのかもわかりました……」

鈴を供養した夜、お宮は私の耳元でぽつりと言った。しかし詳しい話を聞いたのは、お宮の子供が十四歳になったときで、そのときが私と母子の別れの日となった。

三

「最近、恐ろしい夢ばかり見ます」

お宮の子供が寺の縁側に腰かけて言った。彼は境内で遊ぶ子供たちを見つめている。そのころ、彼はすでに大人の体つきで、子供たちに交じって遊ぶ年頃ではなかった。私は掃き掃除の手を休めて隣に座る。

「夢の中で、僕は男に殺されるのです。その場所も覚えています。お祖父《じい》様のお墓があるところです。おかあが刃物をつきつけられて、僕は身動きができませんでした」

「ここで待っていなさい」

私は立ち上がると、寝所としている部屋に行く。布で包んだ小刀を棚から取り出すと、それを持ってお宮の子供のところへ戻った。

「見覚えはあるかね」

「夢の中で僕を刺したものです」

彼は怖々とそれを手に取る。

「柄《つか》の焦げ跡に見覚えがあります。書かれてある文字を焦がして消したのでしょう。夢の終わる直前、男がおかあのお腹にこれを刺しました。おかあは刺されたまま茂みの向こうへ逃げていきました」

「夢のことをお宮に言うな。心配する」

「僕が見た夢は、おかあとお祖父様が襲われた夜のことに違いありません」

「決めつけはよくないぞ」

「でも、おかあに聞いた状況とそっくりです」

彼の見た夢は十四年前の凶事そのままである。しかし、夢の中で彼はお宮の父親の目で一部始終を見ていたようだ。どうしてそうなるのか私にも見当がつかない。

そのとき、子供の一人が境内を横切って、縁側にいる私たちのところに走ってきた。どうかしたのかと私が聞くと、子供は泣きそうな顔で「きてください」と言う。

ついていくと、生垣のそばに別の少年が倒れて泣いていた。遊んでいるうちに、生垣から落ちて怪我したという。

「骨が折れている」

お宮の子供は少年の怪我を調べるなり、足に枝を当て、布で固定した。

「前にも同じようなことをしたのかね」

いかにも手慣れた様子だった。

「いいえ、初めてです。しかし僕は、どのように処置すれば良いのかを知っています。和尚様、何故、僕はこのような知識を教えられないのに知っているのです？」

彼の目には戸惑いがあった。


畑のそばにお宮が腰かけて、夕日を見つめていた。細腕には泥がついていて、百姓仕事をした後だというのがわかった。お宮の横には籠《かご》が置いてあり、近づいて覗《のぞ》いてみると芋が何本か入っている。その横顔も、村も、夕焼けに染まっていた。

「お前は歳をとらない。少女のような風貌《ふうぼう》だな。お前の息子が子供を背負って町に行ったぞ。怪我した子を医者へ診《み》せるためだ」

私はさきほどのことを説明する。お宮は了解すると、立ち上がって籠を背中に負った。

「お話ししたいことがあります」

彼女は家にむかって歩き、私は後をついていく。中に入ると、お宮は戸を閉めて言った。

「あの子は父様《とと》の生まれかわりです。以前にそうお話ししたことを覚えてらっしゃいますか」

竈《かまど》の火がちらちらと燃えており、粗末な家の中を照らしていた。お宮の黒い影が壁に映って、竈の火が揺れると、その影も震えた。

「和尚様は、私の父様をご覧になったことがありませんね。あの子の顔、日に日に父様に似てくるのです……」

「血がつながっているのだ。似ていて、当然だろう」

「でも、それにしたって、あの子は父様そのものです」

「気のせいだよ。気のせいだ」

お宮の家を出た後、知りあいの家に立ち寄った。戸を叩《たた》くと百姓の男が出てきた。

「和尚様、よくいらっしゃいました」

「聞きたいことがある。お前は十四年前、お宮の父親を探しに行ったな」

「はい。何人かで手分けして。崖《がけ》のそばで見つけました」

「顔は覚えているか」

「さあ。鼻を削《そ》がれておりましたのでね。あの方は残忍にいじめられたのでしょう。

あんなに酷《ひど》いのは初めてでした。あの方は、男の大事な部分まで割かれておったのです」

私は彼に礼を言うと寺へ戻った。輪廻《りんね》という言葉がある。車輪が回転してきわまりないように、衆生《しゅじょう》が三界六道の迷いの世界に生死を繰り返すことだ。お宮の産んだ子供のことを考えると、私はその言葉を思い浮かべる。

小刀が消えていることに気づいたのは翌日のことだ。

風邪の流行が再び村全体を覆い始めた。何人も死人が出て、日を追うごとに村人たちは疲れ果てた顔となる。ある日のこと、村の老人の畑仕事を手伝った帰り道に、私はお宮の子供と会った。彼はある家の前にひっそりと佇《たたず》んで、戸を閉ざした家に向かってお経を読んでいる。その家に一人で住んでいた男は、数日前に風邪で亡くなっていた。

「このあいだまで笑って話をしていたのに」

私に気づくと、無人の家を見ながら彼は言う。彼はそのころ、始終、何事か思い詰めたような表情をしていた。

「本当の坊主みたいな立ち姿だった。頭を丸めれば、いつでも坊主になれる」

「和尚様、明日《あした》、お時間をいただけますか。僕と町に行ってください」

「なにをしに行く？」

「お小遣いを稼ぎに。夜に寝ないで作った玩具《おもちゃ》がいくつかあります。それを売るのです」

翌日、私たちは町へ行った。歩きで半日、山を越えたところに賑《にぎ》やかな場所がある。町民たちが行き交い、晴れやかな雰囲気がそこにはあった。お宮の子供は風呂敷《ふろしき》の包みを小脇に抱えながら、浮かれたところのない旅慣れた歩き方ですすむ。

「これはなんだ？」

「竹トンボウという玩具でございます」

町の一画で彼は風呂敷の包みを広げた。中から出てきたのは竹の玩具だ。竹トンボウという玩具を、私はそのとき初めて目にした。

「どうやって遊ぶのかね？」

「このようにするのです」

彼は玩具を両手のひらに挟み、回転させる。竹の玩具が彼の手を離れ、ひとりでに空へと上がっていく。町の人々が足を止めてそれを見上げた。どの人も驚いた顔だ。彼らもまた竹トンボウを初めて目にしたのだろう。それは人々の頭を越え、まったく自由に飛んだ。竹トンボウはすぐに売り切れ、最後の客が彼に質問をする。

「お前さん、この玩具をどこで知ったのかね？」

「初めから知っていました」

「初めから？」

「そうですとも。生まれたときから僕の頭にあったのです」

「おもしろいことを言う」

客が帰っていくと彼は風呂敷を畳んだ。私は気になっていたことをたずねた。

「どうやって竹を削ったのだ？」

「小刀を持っておりますので」

彼はとぼけたように言った。

「寺から消えたと思ったら、やっぱりお前が」

「ここにあります」

彼は懐から小刀を出す。

「返しなさい」

「今は駄目です。今日、これを使って確かめたいことがございます。そのために町へ来たのです。和尚様にも、その場面を一緒に見ていただきたいのです」

お宮に土産を買っていきたいと彼が言う。彼は、小さな赤いぼんぼんのついている髪飾りを商人から買った。

次に彼は私を引っ張って町の奥へと進む。彼が目指していたのは、町で一番、大きな呉服屋だった。表通りから一本ずれた道へと連れていかれ、そこからは店の裏にある勝手口が見える。

「なにをするのだ？」

「これを残していくのです」

お宮の子供は懐から小刀を出して勝手口の柱に突き立てた。

「さあ、人が来ないうちに離れましょう」

啞然《あぜん》としていると、彼に押されて近くの家の陰へ連れて行かれた。

「どういうつもりか」

「子供を医者に連れて行ったとき、この店の主人らしき男を見ました。店の前で、偶然にすれ違ったのです」

彼は息を詰めて勝手口を見ていた。

「和尚様、いい加減に本当のことをおっしゃってください。僕の見る夢は、はたして本当に夢なのでしょうか」

「殺される夢のことかね」

そのとき、勝手口が開いて人が出てくる。服装からして店ではたらく娘のようだった。

娘は勝手口の小刀に気づくと、店の奥に戻って人を呼んだ。呼ばれて出てきたのは、立派な着物を着た男だ。男は柱に刺さっている小刀を見て、初めのうち普通の様子だったが、やがてうろたえはじめる。

「小刀の柄《つか》には珍しい焦げ跡がついていました。それを見て、あの男は思い出したのでしょう」

私の耳元でお宮の子供は説明する。

「いつかなくした自分の小刀だと、あの男は気づいたのでしょう」

離れた場所で柱から小刀を抜いている男を私は見つめる。

「僕は夢で見ました。あの男が、私を刺して、それからおかあも刺したのです。あの男の顔を、はっきりと覚えています。何故、夢の中の男が本当にいるのですか、和尚様」

四

翌日の夜、今度は一人だけで町へ行った。閉店間際の呉服屋をたずねると、店の主人は飲み屋で飲んだくれているという話を聞いた。飲み屋に行ってみると、噂の通りそこに主人がいる。彼は次から次へと酒をあおり、話しかけるのをためらわれるような様子だった。私は、それとなく周囲の人に彼のことを聞いた。呉服屋は彼一代で築き上げた店だが、若いころは乱暴者で、酒代欲しさのために人を脅していたという。

村に帰る道中、田んぼに挟まれた道を歩きながら、私は呉服屋の主人のことを考える。小刀を目にしたときの彼には、はっきりと見て取れるような動揺があった。寺の前までたどりついたとき、月明かりの中に、人が立っていることに気づく。お宮の頭には、子供からもらった髪飾りが挿さっていた。

私を見ると、彼女は鼻をつまんで言う。

「和尚様、お酒のにおいがします」

「それくらい許せ」

お宮は炊事場で食事を作ってくれた。食事の後で彼女は私の肩を揉《も》んでくれる。

「今日はどうした」

「たまにはこれくらいします」

私は彼女にとって父親のかわりとなっていた。私もまた、お宮のことを娘のように感じている。私は若い頃に妻と娘を持っていたが、病気で二人とも死なせていた。彼女には話さなかったが、お宮というのは私の死んだ娘の名前だった。

「また明日な」

帰っていくお宮に私は声をかける。

「ええ、和尚様」

彼女は頭を下げて遠ざかっていった。

夜遅くに彼女の子供が寺の戸を叩《たた》いた。何事かと聞くと、彼は心配そうに事情を話す。

「畑を見てくると言って出て行ったまま、おかあが帰ってきません」

私たちは町へ向かった。さきほど歩いた道を戻りながら不安が膨らんでいく。町へ向かったのは、お宮がそこにいるだろうと考えたからだ。姿を消す直前、お宮の子供は呉服屋の主人のことを母親に話していた。

道を進みながら、お宮の子供に十四年前の出来事を説明する。お宮がだれとも交わらないまま彼を身ごもったことも教えた。彼の表情の多くは闇の向こうに隠れていた。

町に着くと、道行く人の慌ただしさに驚く。役人の乗った馬たちが、地割れのような音をたてて家々の間を走っていた。何事かが起きてしまったのだと、私たちは無言のうちに感じ取った。

呉服屋の前に人が大勢、集まっていた。私たちは人々の話し声に耳をすます。飲み屋から帰る途中、呉服屋の主人が草刈り用の鎌で首を切られて殺されたという。近くを通りかかった者が、逃げていく女を見たそうだ。女はみすぼらしい襤褸《ぼろ》に返り血を浴びていたらしい。女が逃げていったのは、私たちの村がある方角のようだった。

役人たちが町の近隣を探していた。馬の一群は村の方角にも向かっている。立ちすくんでいると、お宮の子供が手を引っ張って人のいない場所へと私を連れて行った。

彼もまた青ざめていたが、気丈な口調で言った。

「おかあが村のほうに逃げたとすれば、おかしなことになります。僕たちはすれ違うはずです」

すれ違わなかったということは、お宮は途中で道を外れたのだ。それでは、どこへ行ったのか。そういえば、町と村を結ぶ道から外れたところに、彼女の父親の墓がある。

茂みを分けて奥へ奥へとむかっていたら、渓流の音に混じって女の歌声が聞こえてきた。やがて私たちは広い場所に出る。そこは十四年前に凶事の行われた場所だった。倒木に腰掛けている女を月明かりが照らしている。女は崖《がけ》の方を向いていたので背中しか見えなかったが、髪に見覚えのある髪飾りが挿してあった。

「おかあ」

私の後に続いて茂みから出てきたお宮の子供が言った。彼女は歌うのをやめて私たちを見ると、悲しそうな顔をした。胸元に赤い汚れをつけている。

「おかあ、家に帰ろう」

お宮の子供が、一歩、彼女に近づく。

お宮は立ち上がると、鎌を地面に捨てた。

「どこに帰れるというのでしょう」

地面のない方へ歩いていく。崖下は渓流で、流れの速い川の音が聞こえていた。縁に立つお宮の体は吹けば飛ぶような小ささである。

「そっちに行かないで」

子供が言うと、振り返り、慈愛のこもった目で返事をする。

「ごめんね。罪人の子としてこれからを生きていくのはつらいでしょう」

「駄目だよ。一緒に逃げよう」

「あなたはここで生きなさい」

「おかあ。やめてくれ」

「今日まで生きてこられたのは、あなたが逃がしてくださったからですよ、父様《とと》……」

「僕はおかあの父様ではありません。同じ名前を持っているだけです」

「父様の心が宿っています」

「なぜ僕が……」

「父様の子供だから」

馬のいななきが聞こえてきた。お宮を追う役人が近隣の村を探しているようだ。

「私は父様の子を身ごもったのです」

お宮の声は凜《りん》としていた。しかし私は彼女の話がわからない。

「産婆はおまえを無垢《むく》だと言った。それなのに、どういうことだ……？」

「あの男は父を切り裂き、突き刺しました。父様の刻まれる様を私は見ました。その同じ小刀を、あの男は私の腹に刺したのです」

お宮は自分の腹を撫《な》でる。そのときの傷口を私は直接に見ていない。医者から聞いた話によると、臍《へそ》の右下だったそうだ。

「小刀の刃は月の明かりを反射して濡《ぬ》れていました。父様の血がついているから濡れているのだと思っていましたが……」

私は、村人から聞いた話を思い出す。あんなに酷《ひど》い仏様は初めてで、男の大事な部分まで割かれていたという。

「その濡れた刃で腹を貫かれたのです」

腹の上でお宮の手が円を描いた。

「きっと、刃が父様の子を、お腹の中へとはこんできてくださったのです」

「ばかな」

「他にどのような理由で子供ができるというんです」

お宮の子供は、力の抜けた足取りで彼女のそばに近づく。

「おかあ……」

彼はそう言うと、母親の足下に膝《ひざ》を折った。

すすり泣きが蹄《ひづめ》の音によってかき消される。村人がこの場所を話したのだろうか。

茂みの向こうで馬が立ち止まり、人が大勢、押し寄せてくる気配を感じた。

「和尚様……」

お宮は立ち上がると、子供の手を私に握らせる。

「お別れの時間が来たようです」

「お宮……」

「この子をよろしくお願いしますね」

彼女は私にお辞儀をして、あっけなく崖から飛び降りた。

「おかあ！」

お宮の子供は立ち上がると私の手を振りほどく。彼は崖の方に走った。

「行くな！」

「おかあを助けてきます！」

そう言い残し、彼もまた崖を飛び降りた。

私は縁に近寄って底を覗《のぞ》く。母子を飲み込んだ渓流は轟音《ごうおん》をたてていた。崖の途中に出っ張りがあり、引っかかっている赤いものが月明かりの中で見えた。それは少年が母親にあげた髪飾りだった。

＊＊＊

雨音に混じって戸の叩かれる音がした。私はお堂に母子を残して外へ出る。濡れそぼった旅装束の男が入り口に立っていた。私には見覚えのない男だ。

「雨宿りさせていただけませんか」

男がそう言うので寺へ招き入れる。

「今、この寺にはかわいそうな母子がいる。だから騒がんようにな」

「どうかしたのですか？」

「子供が川で溺《おぼ》れ死んだのだ」

彼を寺の空き部屋に案内した。手拭《てぬぐ》いを与えると、旅装束の男は濡れた顔を拭《ふ》き始める。お堂に戻ると、茣蓙《ござ》に寝かされている子供の体を母親がさすっていた。

「その後、二人は見つからなかったのですか」

母親が聞いた。

「下流を大勢で探したのだが……」

おそらく生きてはいないだろう。村人たちは口々にそう言った。

「思いの外、長話になってしまった」

「いいえ」

私は母親と旅の男のために茶をわかそうと、炊事場へ行って竈《かまど》に火をつけた。外から休みなく雨の音が聞こえている。母子の話をだれかにしたのはひさしぶりだった。竈の炎を見つめながら、お宮の子供が飛ばした竹トンボウのことを思い出す。あれは幸せな玩具《おもちゃ》だ。自分の手から離れたものが空へ上がっていき、自由に飛んでいくのを見ていると、心が晴々とする。竈の奥で木がはぜて、赤色の火の粉が躍る。そのときお堂のほうからお経が聞こえてきた。だれが唱えているのだろうか。すこしの間、耳をすませてみる。そして、信じがたい気持ちになった。お堂に行くと、旅装束の男が子供に向かって両手を合わせていた。お経を唱えていたのは彼だった。それは、あの少年が唱えていたものと同じお経である。

「そ、それを、どこで覚えたのかね」

私は彼に詰めよった。

「旅の途中、出会った男の人から教わりました」

「それはどんな人だったか?」

旅装束の男は答える。

私はその答えを聞きながら、長く、息をもらした。

「それは娘をつれた男の人でした。いえ、あれは、母親だったのでしょうか。月明かりの下でお会いしたので、どちらも歳が判然としませんでした。どうやら二人は長い旅をしているらしく、仲睦《なかむつ》まじい様はまるで夫婦のようでしたし、父と娘のようでしたし、母と息子のようでした。そうです、お会いしたのはつい最近のことです。びくびくとした様子がありましたので、もしかしたら罪に追い立てられていたのかもしれません。どこに行くのですかと私が聞いたところ、遠い果ての地まで行くのですと二人は答えました。そこはどのような場所ですかと私は続けて質問しました。しかしそこがどのようなところなのか二人にもわからないようでした」

了

井戸を下りる

一

私の子供たちよ。声の聞こえるほうにおいで。そしてお父さんの話を聞くのだ。今から、お父さんの若い頃の話をしてあげよう。話を聞き終えたとき、きみたちは、自分がなぜここにいるのかを知るだろう。

私の父、つまりきみたちのお祖父《じい》さんは高利貸しを営んでいたのだ。高利貸しというのはね、高い利息を取ってお金を貸す人のことだ。ある人が今すぐに馬を買いたいと思っていたとする。でもお金がすぐには調達できない。そんなとき私の父の家にやってきてお金を貸してもらうのさ。父は無条件に貸すのではない。貸してあげるのだから、返すときは少し上乗せして返すように条件をつける。そうやって何人もの人にお金を貸せば、父は上乗せの分だけ儲《もう》けるというわけさ。

もちろんお金を返さない人もいる。そんな人に父は厳しかった。町の人々から恐れられ、嫌われていたのは、そういう理由からだった。お金を返さない老人の家に土足で上がりこんで払わない腹いせに孫を連れて行く男を、いったいだれが好きになるだろう。

私のことも、町民は密《ひそ》かに疎んじていたのかもしれないな。表面的にはみんな私に優しかったが、父の機嫌を損ねないためだったのだろう。父にたてつけば、翌日から町に住めなくなると考えられていたから。

私が父のことを恐ろしく思い始めたのは五歳頃のことだ。当時、仲の良い友だちがいて、その子は頻繁に私の家に来た。家の庭に池があってね、一緒にそこで遊んだものだ。飛び石の間を友だちは身軽に飛んでいた。父の雇った乳母は、私の友だちが池に落ちやしないかとひやひやしていたものだ。私はその子と遊ぶのをいつも楽しみにしていたんだ。

その子が私の家を出入りしていたのには理由があった。父親がお金を借りていたんだ。結局、返しきれなくて、父はその子の母親を遊女屋に売り、その子を遠い町の商人の家に奉公へ出した。それで借金は免除されたが、その子の家族は離ればなれになってしまったというわけさ。

その子の父親はやがて首を吊《つ》った。夫の死を知った遊女屋の妻も首を吊った。無惨なものだね。子供のほうは、奉公先で風邪をこじらせて死んだ、と当時の私は聞かされていた。

そんなようなことがあってね、いつからか私はすっかり父のことが恐ろしくなっていた。

家にお金があったから、私はいつも遊んで暮らしていた。父に目をつけられないかぎりは、遊び放題だった。酒の飲める年齢になったら昼間から飲んだ。女の子にも声をかけたし、遠くの国の砂糖菓子も食べた。父は愛人を何人か家に住まわせていて、どの人も美人で私に優しかった。私は彼女たちとお酒を飲んで博打《ばくち》をしたものだ。

私がその井戸を見つけたのは、田んぼが収穫を間近に控えた秋のことで、私は二十五歳くらいだった。ある日、賭《か》け事に夢中になりすぎて居間の壺《つぼ》を質屋に預けてね、そうして手に入れたもので父の愛人たちと博打を楽しんでいたら、父が帰ってきて怒り出した。私の売った壺は父の大事なものだったんだね。

「幸太郎《こうたろう》さんが壺を売ったんです」

愛人の一人が余計なことを言ったので、私は縁側から裸足《はだし》で逃げ出した。生垣に着物を引っ掛けて転んだりしながら走った。後ろから怒声が聞こえてきて怖かった。父には腕力の強い手下がいて、彼らが命令を受けて追いかけてきたんだ。

民家の間を抜けて田んぼの広がっている方へ逃げた。実りをつけた稲が頭《こうべ》をたれて、お日様が一面を黄色く輝かせていた。私はその中に潜り込んでじっと隠れた。地面に根を下ろした稲からは濃厚な匂いが立ち上って、穂の先端がちくちくと私の腕を刺していた。それにしても大きな穂だった。新米はおいしかろうと私は楽しみに思った。

「お坊ちゃん！」

「どこにいるんですか！」

追っ手が通りすぎて見えなくなったら、立ち上がって今度は山の方へ逃げた。山の麓《ふもと》に雑木林があって、絡み合う木々の合い間に獣道があった。そこに逃げ込んだのが運の尽きだった。

「幸太郎坊ちゃん！」

「出てきてください！」

一本道の途中で私は声に挟まれた。前方からも追っ手の声。後方からも追っ手の声。逃げ場所は周囲になかった。捕まった後、父に叱られる様を想像して私は震えた。

そのとき道の片隅に落ち葉の山があることに気づいた。よく見るとそれは古井戸だった。折れた木の枝が井戸の上に横たわり、さらにその上に落ち葉が降り積もっていたのだ。水を汲《く》み上げる際に使っていたらしい桶《おけ》と縄もそばに落ちていた。落ち葉をどかして覗《のぞ》き込んでみるが、井戸の底は墨汁みたいな暗闇がたまっていた。この中に隠れるのは無理だろうか。だが、叱られるよりはましだろう。決意すると縄を木の枝に結びつけて私は井戸を下りることにした。

井戸の壁は石が積み上げられてできていた。つま先を石に引っかけながら下へ下へと向かった。縄は丈夫で切れそうになかったし、縄を結んだ木の枝も折れそうになかった。でも、私は焦っていたんだろう。井戸を途中まで下りたとき、手が滑って縄を放してしまったんだ。

ずどん、と井戸の底に落ちた。どれだけ気絶していたのだろうね。私はしばらく目を覚まさなかったようだ。やがて、ちゃぽ、ちゃぽ、という水の音が聞こえてきた。なにかを洗っているようなその音が私にはひどく懐かしいものに感じられた。子供のころ私が風邪をひいたら、まだ生きていたお母さんがそんな音を立てながら手拭《てぬぐ》いを洗って額に載せてくれたものだ。

懐かしさでむせび泣きしそうになりながら目を開けた。自分のいる場所を見回して不審に思った。井戸へ落ちたはずなのに自分は布団へ寝かされていた。四畳ほどの狭い部屋に女がいて桶で手拭いを洗っていた。身を起こすと私はうめいた。頭を押さえるとこぶができていた。

「まだ、じっとしていてください」

振り返った女に私は見とれた。彼女ほど美しい女をそれまでに見たことがなかった。

白い着物を身につけていて、襟から見える首筋も白かった。手桶の水で両手を濡《ぬ》らしている彼女の姿は、どこか朧気《おぼろげ》で幻のようだった。

「ここは……」

私が問うと女は答えた。

「井戸の底です」

女が天井を指さすので見上げると、なるほど、天井に円《まる》い穴があり、どうやら私はそこから落ちてきたらしいとわかった。つまり井戸の底に部屋があって、そこに女が住んでいたというわけさ。

二

女は雪《ゆき》と名乗り、井戸の底に住んでいるのだと言った。私の子供たちよ、その奇妙さがわかるか。井戸の底に部屋を作った話など、私はそれまで聞いたこともなかった。畳が腐りかけて踏むと沈んでいた。井戸の底だから湿気があったのかもしれない。部屋の造りは貧しい農家に似ていた。天井に井戸の穴さえなければ、私は農家へ上がり込んだものと思い違いしていただろう。

「あなた、幸太郎さん、というの？」

雪の声は艶《なま》めかしくて、彼女の言葉を聞いていると、水気を含んだ布を耳に当てられるような気持ちになった。

「井戸の上から声が聞こえました。だれかが探し回っていたようです」

雪はまじまじと私を見た。父が家に連れてくる愛人も美人ぞろいだったが、雪に比べたらあれは普通の女だった。

「なぜそんなに見る」

「ここに来る人は多くありませんもの」

「まあ、そうだろうね」

絞った手拭いを雪が差し出したので、私はそれを受け取って頭のこぶに当てた。

「町では見かけない顔だね」

病気なのだろうか、唇が青白かった。

「外を出歩きませんから」

色が白いのはそのせいか。しかし手拭いを洗った桶の水はどこに捨てるのだろう。見たところ部屋には水を流すところなどない。そもそもどこから水を汲んできたのだろう。他の場所にもうひとつ井戸があるんだろうか。壁には襖《ふすま》も押入も見あたらない。

他の部屋に通じる出入り口もない。なんと不便な住居だろう、と私は思ったものだよ。

「どうして井戸の中に住んでいる」

「どこに住もうと勝手じゃないですか」

「うん。勝手だ」

天井の穴から漏れていた光が、話し込んでいるうちに暗くなってきて、外は夜になったらしいとわかった。私が天井の円い穴を見上げていると、いつの間にか雪が油を注いだ灯明皿《とうみょうざら》を取り出していた。すでに火がつけられていて、部屋の中は黄色の炎で照らされた。

「それをどこから取り出したんだね」

気づくといつの間にか水を入れた桶も見あたらない。四畳の部屋には布団が敷いてあるだけで、桶を隠すような場所はなかった。

「どうでもいいことです、そんなこと」

「でも、そんな高価なもの、どうしてこんなところにあるんだね」

灯明皿にしろ、油にしろ、高くて普通の家にはないものだ。

「井戸に誰かが投げ捨てたんです」

本当だろうか。

「それよりも、お腹すいたでしょう」

いつの間にか雪は酒と料理を取り出して私の前に並べていた。さっきまでそんなものはなかったはずだ。

私は不思議に思ったが、出された料理がおいしそうだったので、考えるのを止めた。雪は杯に酒を注《つ》いでくれた。彼女の用意したごちそうはどれも美味だった。酔って上機嫌になり、私が歌い出すと彼女が手拍子で参加した。

さて、帰ろうか。腰を上げると、雪は途端に寂しそうな顔をした。

「一緒に来るか？」

彼女はうつむいた。どうやらそれはできないらしい。

「またここに来る」

「どうせ嘘でしょう」

「本当だ。約束する。この手拭い、おくれよ。もうすこし冷やしておきたいから」

酔って血のめぐりがよくなったのか、こぶがずきんと熱をもった。濡れた手拭いで冷やしながら、私は帰り支度をした。雪がどこかから踏み台を持ってきてくれて、それに乗ると手が天井の穴に届いた。井戸を上るのは難儀なことだったが、指やつま先を出っ張りに引っかけながら上っていると、そのうちにこつをつかんだ。

井戸の上は心地よい風が吹いていて木々がざわめいていた。夜道を裸足《はだし》で歩きながら、父に話す言い訳のことで頭がいっぱいだった。もう怒りは収まっただろうか、まだだったら井戸に戻ろう、なんてことを考えていた。幸いに父はお酒を飲んで機嫌を良くしていたから、家に戻っても私は怒られずに済んだ。

その日以来、私は雪の待つ井戸へ頻繁に通うようになった。

お菓子を土産に携えて雑木林に行き井戸を下りた。私の到着をいつも雪は心待ちにしていて、どすんと私が天井の円い穴から落ちてくると彼女は安堵《あんど》したように抱きついてきた。彼女は井戸の底で一人きりの生活をしているらしいから寂しかったんだろう。私が井戸を出て帰っていくとき、もう来てくれないんじゃないかと不安そうにしていた。

「ここはずいぶんと居心地がいいね。おしっこをする度に井戸を上るのは不便だけど」

雪に膝枕《ひざまくら》してもらいながら私は話したものだ。部屋に厠《かわや》はついていなかったから、私は用を足すたびに雑木林まで戻らなくちゃいけなかった。

「たまには外に出よう。田んぼがきれいだよ。今年は豊作だ」

「駄目です。私は井戸から出ません」

「見える場所の全部が金色に輝いている。もうすぐお祭りもあるんだよ」

雪は首を横に振る。どうして井戸から出ないんだよと聞いても話を逸《そ》らす。秘密の多い女だなと呆《あき》れたが、そこがまたおもしろかったのだ。

頻繁にどこかへいなくなる私のことを町のみんなは不思議に思っていたらしい。一緒に博打《ばくち》を打ったり酒を飲んだりしていた以前の仲間たちが、私の顔を見て「最近、どうしてるんだい」と聞いてきたもんさ。私は井戸や雪のことを秘密にしておきたくて「一人で散歩してる」とうそぶいた。私と雪は心からお互いのことを好きあっていた。博打を打つ時間があるなら、雪と一緒に狭い部屋でごろんと横になっていたほうがましだった。

「なんだって半とか丁とかにお金を賭《か》けていたんだろう。以前の自分が馬鹿に思えてきた」

「大人になった証拠です」

雪が私の着物の破れを縫いながら言った。私は部屋の壁に背中を預けて彼女の全身に見とれていた。彼女はいつも白い着物を着ていて、髪は濡《ぬ》れているように艶《つや》やかだった。裁縫をする様は優雅で、見ていてあきるということがなかった。

井戸の底にある狭い部屋は、母親の腹ん中みたいに落ち着いた。世の中には私と雪の二人しかいないんじゃないかと思った。

大晦日《おおみそか》には魚と酒を持って井戸に向かった。食べ物なら雪がどこかから持ってきて好きなだけ並べてくれたんだが、たまには私も振る舞いたいと思ったのさ。雪はひどく喜んでくれて、一緒に飲み食いしながら年越しをした。そうしていると天井の円い穴から白い粒が舞い落ちてきた。外では雪が降っていて、井戸の口に入り込んだ粒が、長い縦穴を抜けて部屋まで落ちてきたというわけさ。

そのうちに雪がすすり泣きを始めた。なぜ泣くのかを私は問わなかった。聞いても教えてくれないとわかっていた。私は彼女を抱きしめて泣きやむのを待った。そうしながら、この女は何者だろうか、と考えた。

思いがつのるほど正体を知りたくなるもんさ。しかし聞いて本当のことを知るのが怖くも感じていたし、彼女も知られるのが恐ろしかったにちがいない。だからいつもはぐらかしていたんだろう。

「そういえば、幸太郎さん。前にお貸しした手拭《てぬぐ》い、返してくれませんか」

「こぶを冷やしていたやつか。手拭いなんて、捨ててしまいなよ。料理とおなじように、ひょいとあたらしいのを取り出せないのかい」

「あれは特別なものなんです」

「へえ、どこらへんが？」

「私が子供のころに着ていた服を、破ってつくったものなんです」

井戸を出て家に戻ると、雪の手拭いを捜した。持ち帰ったきり、どこかへほったらかしたまま、行方がわからなくなっていた。長いこと捜して、家で働いている手伝いの一人が雑巾《ぞうきん》代わりにつかっていたのだということがわかり、そいつを叱りつけてぶんどった。私は手拭いをきれいに洗って干した。次に井戸を下りるとき、持って行ってあげようと思っていたのだ。

手拭いはよく見るとめずらしいよもぎ色だった。それをながめているうちにはたと気づいた。その布きれは、子供のころの古着を破ったものだという。それなら、よもぎ色の着物について、心当たりを探してみようじゃないか。なにか雪についてわかることがあるかもしれない、と思ったのさ。

でも、すぐにはそれができなくなった。ちょうどそのとき、父が私に縁談を勧めてきたんだ。

三

その女性は由緒正しい家のお嬢さんで、会ってみると実に健康的な顔立ちの人だった。父はもともと平凡な家の生まれだったから、ちゃんとした血筋の家というものに憧《あこが》れがあったのかもしれない。

「どうだ。いいお嬢さんじゃないか」

父は私と彼女を引き合わせた席で上機嫌だった。彼女のご両親もまんざらじゃない様子でね。父の力はいろいろなところに及んでいたから、関係を結んでおけばいいことがあると考えていたんだろう。私の妻になろうとする彼女自身は「お父様やお母様がそんなにおっしゃるのなら」という感じだった。私は困惑した。家庭を持ってしまったら、もう自由に井戸へ行けなくなるだろう。

「おまえ、入れ込んでる女がいるな」

ある時、父が私を呼び出して言った。

「浮かれた様子で消えていくお前を見たぞ。しばらくの間は控えておけ。いい話がご破算になっちまう。別れろと言ってるわけじゃない。事が済むまでは静かにしてろと言ってるんだ。女遊びはそれからだ」

そう言うと父は結納の日取りを決めてしまった。私は父に逆らったり意見を言ったりするような恐ろしいことはできなかったから、はいわかりました、と頷《うなず》いた。

「坊ちゃんはそれでいいのかい」

私にそう言ってくれたのは乳母だった。すでにもう老婆だったがね、早くに死んだお母さんの代わりに子供の私を寝かしつけてくれたもんさ。私の遊びが過ぎたとき諫《いさ》めてくれるのはいつも真っ先にこの人だった。

「仕方ないさ。お父さんがそう言うんだもの。機嫌を損ねてしまったら、どんなに叱られるかわからない」

父に嫌われるということは、町で生きられなくなるということだ。

でも、雪にこの話をしたときはさすがにつらかった。いつかこういう日がくるとわかっていたのかもしれない。私が話を切り出すと、雪はうつむいてだまりこんだ。井戸の下の部屋が冷たく感じられたのは初めてだ。やがて雪は切れ長の目を私に向けて言った。

「もう、ここに来ないでください。そのお嬢さんがかわいそうです」

「そうしたら、きみが井戸の下でひとりぼっちになるぜ」

「それは仕方のないことです」

「結納が済んだらまた来る。お父さんも、それならいいってさ」

彼女は悲しそうな顔をした。

「強くなって。あのお父様に負けないくらいに」

「お父さんのことを知ってるのかい」

雪は頷いた。彼女に父のことを話したことはない。なぜ知っているのかと聞いても雪は顔を伏せるだけで答えない。

井戸を出た後、私は雪の手拭いを持って呉服屋に出かけた。よもぎ色の布きれから、なにかがわかるかどうかは賭けだった。しかし、雪が何者なのかを知る手がかりはほかになかったのだ。

「この生地は、昔、うちの店で扱っていたものです」

呉服屋の主人は手拭いを子細にながめて言った。

「めずらしい色だから、たぶん、そうだと思うんですが。誰が買っていったかまではわかりません」

「これを服に仕立てて、子供に着せていた親を知らないか」

「さあねえ」

ついでに雪という名前の女について聞いてみたけれど、こちらも全然駄目だった。私は手拭いを握りしめたまま町を彷徨《さまよ》い歩いた。

ある日、隣町に住む酒屋の奥さんが、よもぎ色の着物を持っているというので出かけていった。隣町に向かって歩いていると、町の人が「もうすぐですね。おめでとうございます」と私に話しかけてくる。言われてようやく、結納の日が迫っていることに気づいた。ちなみに酒屋の奥さんが所有するよもぎ色の着物は、手拭いにつかわれていたぼろきれとはちがっていて、肌触りのよい高価そうな布で織られていた。

結納の前々日だっただろうか。私と父は、婚姻を結ぶ相手のお宅に招かれてご飯を食べた。相手の両親も父も上機嫌で、私の妻となる女性は目が合うと頬を赤らめていた。彼女には申し訳ないが私は雪のことばかり考えていた。雪の白い首筋と、青白い唇とが、私の頭の中から消え去らなかった。彼女はまるで霧の中にいる鶴のような女だった。音もなく湖面にそっと立ち、霧でぼんやりと輪郭を滲《にじ》ませているような女だった。彼女の腕が、私の体に巻き付き、絡んでくるときのことを思い出す。向かいには妻となる女性がいて、隣には父がいて、場は和気藹々《わきあいあい》と盛り上がっているのに、私自身は井戸の底から出ていなかった。お日様の当たらない井戸の底で、私はいつどの瞬間にもあの女と絡み合っていた。井戸の底にある部屋が歪《ゆが》み、私と彼女を包み込み、温かい水に溺《おぼ》れていくような感じがあった。天井に見えている円い穴が次第に遠ざかっていき、私と雪のいる部屋は次第に下へ下へと沈んでいるような幻を見た。ちゃぽん、ちゃぽん、という水の音が聞こえていたのは気のせいだったのだろうか。部屋の柱や壁は濡《ぬ》れており、天井からは滴が落ちていたのは本当だったのだろうか。あるいは、雪という女そのものや、井戸の下にあった部屋は、すべて私の想像で、実際にはどこにもないのではないか。雪の肌は、口の中で溶けて消える甘い砂糖菓子のようだった。舌の上で輪郭を崩し、形を解《ほど》いて広がっていくような。

家に帰ったときは夕方になっていて町に赤い日が差していた。遠くの空に鳥が何羽か飛んでいて山の向こうに消えていった。私は庭の池のほとりに立って雪の手拭いをながめた。寒い日だったから池の水面は凍っていた。

「坊ちゃん、風邪をひくからなあ、早くうちに入らないかんよ」

振り返ると乳母が立っていた。彼女は私の持っているよもぎ色の布きれを見ると、妙な顔をした。

「その布、まだあまってたのかい」

「知ってるのか」

「知ってるもなにも、それで子供の服を作ってやったことがあるんだよ」

「子供の服？　いったい、だれに？」

乳母は、私を指さした。

「坊ちゃん、あんたが着てただろう」

「まさか、覚えてないぞ」

「すぐに友だちへあげたからさ」

「友だち？」

「坊ちゃんは忘れてるか。まだ本当に小さなときでしたもんな。でも、よく坊ちゃんの手を引いて遊んでたんだよ、あの子は。ある日、二人一緒に水の中に落ちて、服を濡らしたときがあってね。そのとき、ぼっちゃんは、自分のよもぎ色の服を、あの子にあげたんだよ」

　子供の頃、親しかった子供がいた。その子の父親が私の父に借金したせいで、お母さんは遊女屋に売られ、その子自身は奉公に出された。両親は首を吊《つ》って死に、その子は奉公先で風邪を引いて死んだと私は聞かされていた。名前はわすれてしまったけど、その子と遊ぶのを私はいつも楽しみにしていたんだ。

四

結納の前日に私は遠出をした。引き留められそうだったので家の者に見つからないよう外へ出た。昼頃に目的の町へ着いて商人の家を探し出した。

「今から二十年ほど前、こちらで雪という女の子が働いていたでしょう」

商人に私は聞いた。乳母が人から聞いていた話は、私の友だちだった女の子は奉公先で風邪をこじらせ死んでしまったという。その奉公先というのが、父と懇意にしている商人の家だった。

「女の子ですか。知りませんなあ」

商人は女の子を雇った記憶などないという。そんなことよりも坊ちゃん、結納は明日《あした》でしょう、などと商人は話し始める。私が聞かされていたのは、どうやら何者かが作った嘘だったらしい。ほんとうは店で働いてなどいなかったのだ。それでは、あの少女は、どこに連れられて行ったのだろう。困惑した頭のまま立ち去ろうとする私に、彼はお祝いの土産物をたくさん持たせてくれた。

家に戻ったときすでに日は落ちていた。この夜が明けたら結納だ。そう考えたけれど実感はなかった。結納は私の家で行われる予定だったから、片づけやら掃除やらで屋敷の中は浮ついていた。廊下を抜けて寝所に入り畳に横たわって雪のことを考えた。

池の飛び石の上を、少女が器用に渡り歩く様を、確かに私は覚えていた。着物の裾《すそ》をひらひらとさせながら、少女は小鳥のようだった。

私は起きあがって父の部屋に向かった。部屋の前で声をかけると、父は「入れ、入れ」と言った。

「どうしたね」

「お話があります」

父の前に私は正座した。父の肩幅は広く、胸回りも厚かった。父に比べたら私など藁《わら》のようだった。

「今日、どこに行っていた。明日の段取りを学んでおかねばならなかったのに」

「遠出していました」

「どこに？」

私は商人の名前を告げた。

「確認したいことがありました。雪という女の子のことです。昔、この家でよく一緒に遊んでいた女の子がいました。でも、父親がお金を返さないものだから、お父さんは借金のかわりにその子を奉公に出したのです」

　父は顎《あご》の先を指で撫《な》でながら、ゆっくりと話し始めた。

「ああ、あいつの娘のことか。あの娘なら、奉公に出したというのは嘘だ」

「嘘？」

「商人の家に連れて行く途中、そいつは死んだ。幸太郎、この話はもうするんじゃない。わかったら寝所に帰って眠れ。明日は大事な日だからな」

　父はそれ以上を教えてくれなかった。

　私は寝所に戻らずに草履を履いて外に出た。提灯《ちょうちん》の明かりで足下を照らしながら雑木林の獣道を進んだ。古井戸のところに着くと、木の枝に結びつけた縄をつたって下に向かった。

　雪は正座をして、私を待っていた。私が畳の上に下りたつと、雪はふかく頭《こうべ》をたれた。

「お久しぶりです、幸太郎坊ちゃん……」

「初めて会ったときから気づいていたんだね。私のことを」

　雪は頷《うなず》いて、話しはじめた。

「十一歳のときでした。あなたのお父様に連れられ、私は奉公先に向かっておりました……」

遊女屋に売られたお母さんに会いたかったのだ、と彼女は話した。私の父の手を払いのけ、雑木林の獣道を走って逃げたという。父は彼女を追いかけた。彼女は古井戸のすぐそばで追いつかれて捕らえられた。激しく抵抗したら、かっとなった私の父に殴られた。犯されて首を絞められて井戸に投げ捨てられたのだという。

幸太郎さん、黙っていてごめんなさい……。

雪は正座して頭を下げた。

私は、いいのだ、と告げた。


井戸を出て家に戻ったとき空は白々としていた。夜が明けて結納の日が訪れた。私は眠ってなかったせいで頭がぼんやりとしていた。体もふらついてまっすぐには歩けなかった。結納は昼頃から行われる予定だったので、私は寝所にこもり、その時間が来るのを待った。

「坊ちゃん、もうみんな集まっとるよ。着替えておいで」

乳母が寝所の外から声をかけてきた。廊下に出ると乳母は私の顔を見てぎょっとしていた。

私はどのような表情をしていたのだろう。

「準備したらすぐに行く。そう伝えておいてくれないか」

私は乳母に言って台所に向かった。何本かある包丁の中から、一番、細長いものを選んで手に取った。結納の行われる大広間に行くと大勢が私を待っていた。父が上機嫌で私を手招きしていた。近づいてその胸に包丁を刺したとき、広間にいた人たちは一瞬、静まりかえった。私の妻となる女性も白い化粧をして広間にいたんだが、その瞬間を見ていなかったらしくて、凍りついている周囲の顔を見回していた。

私は走って縁側から外に出た。包丁は父の胸に残してきた。運良く心臓をひと突きできたんだろう。おかげで返り血もほとんどなく、包丁を握っていた手に赤くべっとりとついただけで済んだ。

雑木林の獣道を走り抜けている間、町の方から馬のいななきや人々の騒々しい声が聞こえ始めていた。大勢が私を捜していたようだ。古井戸に着いて縄を下りていくと雪が部屋の隅で裁縫をしていた。私を見ると彼女は布と針を置いて驚いていた。私は手を掲げて父の血を見せた。

雪は悲しそうな顔で近づいてくると私の頭をかき抱いた。私は彼女の胸の中で泣きじゃくった。彼女は私を慰めながら、よく頑張りましたねと言った。怖かったでしょう。彼女の声は艶《なま》めかしくて水気を含んでいた。私は温かい水の中に浮かんでいるような気がしてきて呼吸が楽になった。

罪人の私は地上に出ることができなくなった。天井の円い穴から、私を捜し裁こうとする人々の足音や馬のいななきが聞こえてきた。私は雪と暮らすことに決めた。

「いつか彼らは、井戸の中にひそんでいるあなたに気づくでしょう」

雪は畳をはいだ。その下には暗い穴があり、どうやら井戸はさらに地下深くまで続いているようだった。この部屋は井戸の底にあるものとばかり思いこんでいたのだが、穴の途中に梁《はり》を引っかけて無理矢理作られていたようだ。これより下の方がどんな場所なのかは雪も知らず、食べ物や水があるのかどうかさえ疑わしいという。

「この先に逃げようじゃないか」

私たち二人は畳をはいで穴を下りた。

私の子供たち、お父さんの若い頃の話は、もうすぐおしまいだよ。

私と雪は長い縦穴を下りていったんだ。石の出っ張りがあって、私たちはそこに手足を引っかけて少しずつ進んだ。縦に下りていたはずなのに、いつからか私たちはふつうに立って歩いていた。丸かった穴も、気づかないうちに四角形の通路となり、やがて屋敷の廊下のように床板と壁と柱を持った造りに変わった。床板を踏みながら私たちは気の遠くなるほどまっすぐに続いている場所を歩いた。両側に時折、襖《ふすま》があって、向こうがわから人の話し声やすすり泣く声やあえぎ声が聞こえてきた。いくつか襖を開けてみたけれど、なぜか途端に声は聞こえなくなり、中にはだれもいなかった。私と雪はだれもいない畳の部屋で休んだ。

進むごとに周囲の明るさがなくなっていった。目をこらさなければ雪の顔も見えなくなり、やがて真っ暗な中を進むはめになった。暗闇の中で私と雪は手をつなぎ、お互いの感触を確かめた。私はもう片方の手を廊下の壁に触れさせて曲がり角がないかどうかを調べた。

やがて不意に壁は消え失《う》せて私たちは巨大な広間に出た。真っ暗なのでわからなかったが、寺のお堂のような場所だった。線香の匂いが辺り一帯に充満し、声の響きから察すると、天井は異様なほど高いようだった。私たちはお堂を何日も彷徨《さまよ》って出入り口を探した。私たち以外に何人もの人がいるらしく、足音や忍び声が暗闇の奥から聞こえてきた。声をかけてみたが返事はなく、すれ違ったりぶつかったりという事もなかった。ただ、だれかのいるという気配だけがつたわってきた。幾度も睡眠をとり、やがて出入り口を探し当てて外に出てみたが、お日様は見あたらず、周囲は一分の隙もないほどの暗闇だった。私と雪はいつからか衣服を捨てていた。なにも見えないのだから服など気にする必要もなかった。お堂の外はどこまで歩いても砂利と岩があるだけの所だった。川のせせらぎが聞こえてきたので、流れに手を入れてみると、冷たい水の感触があった。私と雪は喉《のど》の渇きを思い出して川の水を飲んだ。川原にもやはり大勢の気配があり、子供が親を探し求める声や、老人のうめくような声が聞こえてきた。

もう井戸のあった場所はわからない。広大な暗闇があるだけで、どこに進めばいいのかも定かではなかった。しかし私と雪は一ヵ所に落ち着いていることができなかった。毎日、疲れるまで真っ暗闇の中を歩き、石だらけの川原で休息をとった。暗闇の中では私の肌も彼女の肌も輪郭を失い溶けあった。そのうちに雪のお腹が大きくなってきみが生まれた。雪はきみの弟や妹も生み育てた。そう、雪というのは、きみたちのお母さんの名前だ。

私の子供たち。残念なことはきみたちがお日様を見たことがないということだ。朝焼けの空をきみたちから奪ったお父さんを恨むがいい。荒れ野を彷徨い続けるきみたちの上にお日様はのぼってくださらないだろう。でも、いつかきみたちが、あるいはきみたちの子供が、この川原の終わりで実った稲穂を見つけ、その匂いにむせび泣く日が来ることを私は祈っているよ。

了

黄金工場

一

ぼくは決心して、村はずれの田んぼのあぜから、森に入った。工場を目指して歩いたのは、そこではたらいている千絵《ちえ》ねえちゃんの姿をちらっとでも見たかったからだ。

森のなかを進むと、やがて錆《さ》びた金網にぶつかる。工場の敷地だ。金網にそってあるいていると、ぶおー、という低い音が周囲にひびきわたった。きっと排水弁のひらく音だろう。金網のそばの地面が、一部、すりばち状にへこんでおり、斜面から土管がつきでていた。そこから突然、鉄砲水のように、きたない色の水が放出された。工場の廃液にちがいない。水は地面のくぼみにたまっていき、巨大な沼となった。表面に油がうかんでおり、光を反射させて虹色《にじいろ》をしていた。腐った果物のような、甘いにおいがした。頭がじんとしてきて、気持ちわるくなった。

目の前を蝶《ちょう》がとんでいた。甘いにおいにひきよせられたのか、ふらふらと視界を横切って、ついには廃液のなかにとびこんでいく。ぼくにはまるで、廃液が甘いにおいで蝶をひきよせたようにみえた。

昆虫をつかまえる花のことを、子供むけの科学雑誌で読んだことがある。甘い汁で昆虫をよびよせて、落とし穴のような構造になっている花のなかにおびきよせるのだ。昆虫が気づいたときにはとびたつことができなくなっており、そのまま体をとかされて、養分にされるのだ。この廃液は、その花をおもいださせた。

足下でなにかが輝いた。木漏れ日が、枯れ葉の間に落ちている、金色のちいさな粒をてらしていた。金属製のうつくしいコガネムシだった。

佐内《さない》千絵という女の人は、ぼくの家から田んぼと畑を三つか四つこえたところにすんでいた。彼女は都会の女の人みたいな化粧をして工場に出勤した。休日になると村はずれのバス停からバスにのり、町で恋人とあそんでかえってきた。いったいどんな人が千絵ねえちゃんの彼氏なのだろうか。あるとき、友人の男子二名といっしょに、こっそりあとをつけてみた。しかしバスにのるお金がぼくたちにはなかった。しかたなく、バスの後部にしがみついておいかけることになった。

橋をわたる直前の三叉路《さんさろ》で、バスは一瞬だけスピードをゆるめる。そのときぼくと友人二名は、後部のバンパーにとびのった。バスの背面に錆《さび》だらけの看板がとりつけられていた。ひっしにそれをつかんでふりおとされないようにした。道はひろくなり、バスが速度をあげると、ひとりずつ脱落した。悲鳴をあげながら友人がおちて、ごろごろと、土煙をあげながら後方に消えていった。後続車両がなかったので、なんとか命は無事のようだった。ぼくひとりをうしろにくっつけてしばらくバスはすすんだが、そのうちあっさり停車した。

運転手が外に出てくると、ぼくの襟首をつかんで怒鳴った。気づかれたのだ。乗客たちが全員、バスの窓から顔をだして、ぼくと運転手のほうを見た。千絵ねえちゃんが、おどろいた顔をしていた。

「馬鹿じゃないの、死んじゃうところだったよ！」

千絵ねえちゃんはバスをおりて、ぼくといっしょに村まであるいてもどることになった。途中で、たおれている友人二名をひろった。どちらも頭から血をながしていた。千絵ねえちゃんが体をはたいてやると、彼らの服からもくもくと土煙がまった。ふたりとも千絵ねえちゃんのほうをはずかしくて見られないようだった。

「町で用事があったんじゃないの？」

「きみらを家までおくりとどけないと。途中でなにをしでかすかわからない」

三叉路で、村にむかう道と、工場にむかう道とにわかれていた。千絵ねえちゃんは毎朝、自転車でこの三叉路までやってきて工場への道をまがっていくのだ。

工場はぼくが小さなころからあった。ほかの場所で製品がつくられたとき、排出される危険な物質がそこにはこばれてくる。工場内で無害なものに処理され、どこかに埋め立てられるのだという。

工場の勤務時間がおわるころ、作業服を着たおじさんやおばさんが、連なって田んぼ道をあるく。事務員の制服を着た千絵ねえちゃんも、自転車で砂利道をはしってきた。籠《かご》のなかで、からっぽの弁当箱がかたかたとなっていた。ぼくは、おーい、と手を振った。きゅっ、とブレーキをかけて、千絵ねえちゃんが自転車をとめると、ぼくはかけよって、コガネムシをさしだした。

「これ、あげる」

「なにこれ」

「さっき森のおくで見つけたんだ」

千絵ねえちゃんは黄金のコガネムシをうけとり、手のひらの上でころがした。

「よくできてるなあ。本物みたい」

目をちかづけてふしぎそうにしているさまを、ぼくは、ちらちらと見あげた。

「ほんとうに森で見つけたの？　だってこれ、高そうよ？」

「落ちてたんだ。枯れ葉のあいだにころがってた。高そうって？　いくらぐらい？」

「わからないけど。これ、ずっしり重いよ。おもちゃだったら、もっと軽いはず」

夕日がコガネムシの表面に反射した。千絵ねえちゃんの目元が、星をまぶしたように、かがやいた。

「これ、もらえない。きみがもってなさい」

「え、どうして。もらってよ」

ぼくにコガネムシをにぎらせ、千絵ねえちゃんは、そのまま両手のひらでぼくの手をつつんだ。つめたい手だった。

「いつまでも、もってなさい。これはあなたのもの。大事にしなさいね。こんなきれいなのを見つけられるなんて、うらやましい。きっとわたしには、もうこんなきらきらしたものは、見つけられないにちがいないもの。だからいつまでも、これをはなさないでいてね」

ちりん、と自転車のベルをならして、千絵ねえちゃんはとおざかっていった。

二

ひろったコガネムシは、まばゆい黄金色だった。だれかがけずってつくったのだろうか。それにしては小刀のあとが見あたらない。つるんとした外殻、三つにわかれた腹、六本の足、本物のコガネムシに金メッキをほどこしたようにも見えた。指さきくらいの小さなものなのに、手のひらにのせていると、重みで皮膚がすこしくぼんだ。本物の金だろうか。まさかそんなものが、森のおくに落ちているはずがない。見かけは金ににているが、もっと安い金属製の、よくできた模型にちがいない。

森のむこうにある工場から赤茶色の錆におおわれた、無数の煙突がのびていた。昼間のうちはさきっぽから灰色の煙がたちのぼっている。光の加減で煙は緑に見えたり、桃色に見えたりする。一日に四回、ぶおー、という低い音が工場から聞こえてくる。牛のなきごえに、どことなく、にている。工場排水の弁がひらく音だ。

森のおくに廃液が放出されているなんてこと、工場ではたらく村の大人たちはしっているのだろうか。しらないにちがいない。廃液はすべて浄化し、固形化して、別の土地にはこんでうめたてているのだと、大人たちは言っていた。きっと、たくさんある配管のうちの一本が、まちがってどこにもつなげられないまま、森にむかってつき出ていたのだろう。

作り物のコガネムシを手のひらの上でころがしながら帰宅したところ、母に見つかって、

「それはどうしたのぼうや」と問いただされた。

「ぼうや、こっちにきて、それをよく見せてごらんなさい」

母はすこしのあいだコガネムシをながめたのち、立ちあがった。家を出て、車で町に行き、三十分後にもどってきた。宝石店か質屋にでも行ったのだろう。金属の正体をしらべてもらっていたのだ。もどってきた母がぼくの肩をゆすって問いつめた。

「ぼうや、これをどこでぬすんできたの。これはとても高価なものなのよ。だってこれは、ほんとうの黄金なんだもの」

翌日の夕方、学校がおわると、母を森のおくにあんないした。飼い犬の散歩もかねていた。犬は、口から舌をたらして、木のねもとに小便をひっかけながら森をすすんだ。

「ねえ、おとうさんをおむかえしなくていいの?」

父は大学の教授をしていた。毎朝、バスで町に通勤している。

「ほうっておきなさい」

父は、毎晩おそくまで書斎で書き物をしていた。母やぼくが部屋の入り口から話しかけても、ふりかえることはほとんどなかった。父母が話をしているところを見たことがなかった。

工場の金網にそって、すりばち状に地面のくぼんでいるところへむかった。廃液の沼は見あたらなかった。地面にしみこんでしまったのだろう。

「ここだよ。ここでコガネムシを見つけたんだ」

母が地面をさぐると、他にも金色の虫が枯れ葉の間から見つかった。コガネムシだけではなく、ミミズやダンゴムシが、金色の光沢をはなちながら地面にうまっていた。母はそれらをひろいあつめて、エプロンのポケットにしまいこんだ。

「見て、こっちのほうが多いよ」

廃液のたまっていたくぼみにおりて、靴先で地面をほってみた。腐った果物のような、甘いにおいがした。どろどろに半壊した枯れ葉の下から、無数のヤブ蚊、蠅《はえ》、ウジ虫が見つかった。どれも本物ではなかった。つるりとした光沢をはなつ、黄金だった。ウジ虫をつまみあげたが、体は完全な金属製である。日があたると、なめらかな表面に、つるんと光がはしった。

「ぼうや、ぜんぶあつめて、おかあさんのポケットにいれなさい」

母のポケットはすでにふくらんでおり、ずっしりとさがっていた。ぼくが黄金の虫をかきあつめていれると、ポケットがやぶれて黄金が地面にちらばった。

「金ってこんなに重いのね。これまでしらなかった」

地面にころがっている黄金の蝶《ちょう》に気づいた。昨夕、ぼくの視界を横切って廃液にとびこんだ蝶に見えた。もしもそうだとしたら、なぜそれが黄金になってころがっているのだろう。

そのとき、低い音があたりにひびきわたった。工場の排水弁がひらく音だった。

「おかあさん！ はやく高いところにあがって！」

ぼくは母の手をひっぱってくぼみを出た。しかし飼い犬はにげおくれた。金網の下にうまっている土管が、ごぼごぼと音を出し、直後に廃液を放出した。いきおいよく犬の上にふりそそぎ、くぼみは油のうかぶきみのわるい液体でひたされた。湯気がたちこめて、あぶくが表面ではれつすると、腐ったような甘いにおいがただよってきた。犬の名前をよんだが、反応はなく、廃液をかぶって視界から消えたままだった。

「もう帰りましょう。いつまでもこのにおいをすっていたら、頭がどうにかなってしまいそう」

くぼみのふちで犬をよんでいると、母が言った。土管からの廃液はいきおいをよわめ、やがて水滴がしたたるだけになった。ぼくは母にしたがってその場をはなれようとしたが、廃液のなかにきらめくものを見つけて、たちどまった。

「あれを見て」

地面に吸収されて、廃液の水面がさがりはじめると、見おぼえのある形の耳が見えた。四肢をまげて、いまにもはしり出そうという格好で犬がしずんでいた。廃液で体の表面をぬらしていたが、毛の一本一本までが黄金だった。

三

ある晩、動物の死骸《しがい》をくぼみの底に置いて、廃液にしずめてみた。ぐずぐずに溶けて、土にすいこまれていくだけだった。ぼくと母は気づいた。工場から出てくる、油のういた廃液は、どうやらなにもかもを黄金にするわけではない。おそらく黄金にすりかわるのは、それ以上の重い価値をもつ、かがやける生命にほかならない。だから土や落ち葉は廃液にぬれてもそのままだし、動物の死骸もまた金色にはならないのだ。うごき、呼吸し、心臓があり、魂があり、親がいて、子をもつ、すべての生命こそが、見るのもおぞましい廃液の水たまりによって、地上でもっともうつくしい金属に置きかえ可能なのだ。生命以外の、いったいなにが、黄金の価値に匹敵するだろう。

四

コガネムシは母からかえしてもらった。部屋の窓べにおいて寝る前にながめると、月の光をまとって、ぼうっと暗闇で輝いた。千絵ねえちゃんの、つめたい指の感触をおもいだした。ぼくの黄金は、指さきほどの大きさの、小さなものだった。それより大きな黄金は、おもくて、とても森のおくからもちだせなかっただろう。

虫眼鏡で観察すると、一番上の羽根の下に小刀がはいりこめないような、わずかなすきまがあった。おくにうすい羽根がある。そこもまた黄金だった。観察していて、足の一本をおりまげてしまった。それからは、大事にあつかうようにした。

森からかえってきたあと、母はひろった黄金のミミズを金槌《かなづち》でたたいてつぶした。体の中身までそれは金属だった。小さな円盤のかたちにすると、ミミズではなく、うすい黄金のきれはしにしか見えない。母は蠅やウジ虫やムカデもおなじようにたたきつぶした。納屋のおくにあった農作業用の袋に一枚ずつおとすと、カチャン、カチャン、と落下して金属の音をたてた。
　飼い犬はそのまま森にのこしてこなければならなかった。ごろんところがった犬は巨大な金の像だった。ぼくと母の力ではうごかすこともできなかった。

　母は毎晩、森にかよった。昼間にいかなかったのは、近所の人に見られたくなかったからだろう。森から帰ってくるとき、鞄《かばん》に黄金の虫をつめこんでいた。いつも少量しかはこんでこられないのは、鞄いっぱいにつめこむと、母がもちあげられないからだ。

　母は森でひろいあつめた黄金を町でお金にかえていた。換金するとき、本当にそれが値打ちのある金属なのかどうか組成をしらべられたらしい。昆虫をたたきつぶした金の円盤は、エックス線による分析でも、比重による検査でも、混じりけのない純金であることが判明した。軽い虫の体が、どのような化学変化の後に、比重の大きな金属となったのかわからない。廃液にふくまれていた金属成分が体内にしみこんで、組織とくっついて、重くなったのかもしれない。

　夜中に母とふたりで黄金を採集しに行った。懐中電灯で足下をてらしながら、手をつないで森にはいり、金網にそってあるいた。ころがしたままの飼い犬に花とお菓子をささげて、ドングリや栗をひろうように、黄金の昆虫をひろいあつめた。くぼみの周囲は、廃液がないときでも、甘いにおいがしみついていた。これにつられて虫たちはあつまってきたのかもしれない。そして黄金にされたのだ。まるで本当に、この工場は、昆虫を捕食する花のようだった。

「この工場をつくった人は、どういう人なの？」

「この工場のもちぬしは、だれでもないの」

金網のむこう側で、錆《さび》にまみれた煙突をのばし、コンクリートのふるい外壁の工場が、月明かりの下でそびえていた。まるで巨大な一匹の生物のようだった。

ぼくと母の行動に、父は気づいていなかった。父にはぜったいにないしょだと母が言った。

「おとうさんにこのことを言ったらいけないよ。いつも仕事でいそがしいんだから、これ以上、ほかのことに頭をつかわせたらいけないもの」

ある晩、ぼくは父の書斎に行ってみた。ふすまのすきまから、部屋の明かりがもれていた。しかし父はいなかった。机の上に勉強道具やら論文やらがちらかっていた。窓がひらいており、カーテンが風をはらんでゆれていた。散歩にでも出かけたのだろうとおもった。

翌朝、窓べにおいていたコガネムシが消えていた。窓には鍵《かぎ》がかかっていたので、だれかがぬすんでいったとはかんがえられなかった。床におちたのかもしれないと、机の下をさがしたが、見つからなかった。

下校するとき、千絵ねえちゃんと会った。自転車のかごにからっぽの弁当箱をいれて、工場から帰るところだった。自転車をきゅっととめて、ぼくの顔をのぞきこんだ。

「ここにのんなさい」

千絵ねえちゃんは、自転車の荷台を手でたたいた。またがると、千絵ねえちゃんは、ゆっくり自転車をこいだ。はずかしくて、できるだけ千絵ねえちゃんの体にふれないよう気をつけた。風が田んぼの稲穂をゆらしていた。

「千絵ねえちゃんは、お金とかすき？」

「すきよ」

「じゃあこんど、いくらかあげるよ」

「そりゃあたすかる」

千絵ねえちゃんは、ためいきまじりにつぶやいた。

「つぎの仕事、さがさなくっちゃな」

「え、工場、やめるの？」

「閉鎖されるの」

「閉鎖？」

「古い施設だし、いろいろと寿命がきてたみたい。よかったよ。あの工場、なんだかすきになれなかったから。建物のなかにはいると、パイプや通路がいりくんでいて、まるで巨大な昆虫の体内にはいったみたい。はたらいている人の全員で、巨大な昆虫を生きながらえさせているようにおもえてくるの。工場もきっと、自分の死を感じていたにちがいないよ。だって最近、急にいろいろなところが壊れだしたもの。まるで昆虫がけいれんをおこしているみたいに。うすきみわるくて、もう工場に行きたくなくって、おもってたところ。話題にはなってないけど、何人か怪我したひとがいるの。パイプが破裂したり、バルブがとれておちてきたり。まるで、工場自身が怒って、人間に復讐《ふくしゅう》しているみたいにおもえるの」

「復讐？　どうして？」

「この世に自分を産みだしたからよ。それとも、もともとそういうふうに生まれついていたのかもしれない。悪意をもつ、巨大な塊として」

　帰宅して、ぼくは工場閉鎖の話を母に伝えた。工場が閉鎖されたら廃液は出てこなくなる。そうなれば、もう、金をひろうことはできなくなるはずだった。母は思案したのちに、言った。

「牛一頭分の金塊なら、今後も一生ゆたかにくらせるでしょう。それくらい大きな体の、生きているものでなくてはね。生命がなければ、いけないものね。でも、牛なんて、すぐには手にはいらない。よし、いいことかんがえた」

工場が閉鎖される当日の朝、ぼくはいつもどおりに起きて、学校へ行く用意をした。母が牛を買った様子はない。しかしあわてている様子もない。みそ汁とごはんをぼくの前にだして、「はやく食べてしまいなさいね」と言った。その余裕の態度から、ぼくは了解した。昨晩のうちに、牛のかわりとなるものを黄金にしたのだろう。昆虫よりも、もっと大きな体の生命を。

沸騰したやかんから白い湯気がたちのぼっていた。父の背広が椅子の背にかかっていた。いつもならぼくよりもはやくバス停にむかって出発しているので、父の背広がこの家にあるはずはないのに、おかしいなとおもった。

五

一日を学校ですごし、下校する途中のことだ。田んぼのあぜにたって、森のむこうにある煙突をながめた。光の加減によって緑に見えたり桃色に見えたりしていた煙はもうない。排水弁のひらく低い音も聞こえてこない。

帰宅すると、母が金槌《かなづち》とノミをもって家を出るところだった。

「お帰りなさい、ぼうや。焼いたおさかなが、戸棚にはいってるから、さきに食べてまってなさい」

外はすでにうすぐらくなっていた。母は金槌とノミをぶらさげて、エプロン姿のまま、玄関を出て行った。

夕飯をすませて、ぼくは部屋でやすんだ。先日なくした黄金のコガネムシをさがすため、本棚のうしろをのぞいてみた。やはりコガネムシはどこにもおちていなかった。

そのうち、しだいにおちつかなくなり、靴をはいて、母をおいかけた。

田んぼのあぜから、木の茂みにはいった。電灯ももたずに、暗い森をかけぬけた。木の根っこが足にからみついてきた。枝のさきが、腕や服をつかんでまねきよせようとした。枝葉のあいだに、ほそい弓形の月が見えた。ひんやりと冷気をはなっているような、白い月だった。茂みをぬけて、錆だらけの金網にぶちあたった。金網にそって、いつも廃液を放出していた土管を目指す。

母はなにを黄金に変えたのだろう。すりばち状の地面のくぼみに到着して、あたりを見まわした。月明かりにてらされながら、母が底に立っていた。腐った果物のような、甘いにおいがたちこめていた。廃液をすいこんできた地面は、宇宙のように黒色だった。無言でたっている母の足下に、点々と黄金がころがっており、月光を表面にまとっていた。まるで地面に星がちらばっているみたいだった。

重くてうごかせない黄金の飼い犬が放置されていた。かごにいれたにわとりや猫もあった。にわとりはつばさをひろげたまま金色になり、猫はひげの先まで黄金だった。しかし母はそれらを無視して、べつの黄金を見つめていた。

「おたがいにあてた手紙をね、それぞれの部屋の窓に、はさんでおいたのよ」

ふりかえりもせずに、母は言った。地面に横たわっている、人間の形をしたものから、目をはなさなかった。

「この時間、この場所にくるように、書いておいた。いつもこの人たちが、やってきたように。この人たち、おかあさんが気づいていないとおもってたのね」

母は金槌とノミをつかって、父の指を削り落とした。先のほうからすこしずつ、うすい金属の破片となってちらかった。母はそれをつまみあげて、息でふきとばした。かたまったままうごかない父の腕は、千絵ねえちゃんの体を抱きしめていた。母は金槌をふりおろして、千絵ねえちゃんの顔をたたいた。

さいしょのうち千絵ねえちゃんの両親はさわいでいた。娘がどこに消えてしまったのかと、警察に捜索ねがいをだした。母もまた、父の行方がわからないことを通報し、心配をよそおっていた。やがて千絵ねえちゃんの部屋から日記が出てきた。綴《つづ》られていた文章を読み、警察は、千絵ねえちゃんとぼくの父がかけおちして遠くに行ったのだろうと結論づけた。また、父の貯金が引きだされ、旅行鞄《かばん》もなくなっていた。事をおこす前に、母はそれらの準備をすませていたらしい。千絵ねえちゃんの家の前をとおるとき、いつものっていた自転車が目についた。雨ざらしになっていて、工場の煙突とおなじような赤茶色の錆《さび》がハンドルやペダルにできていた。警察が周囲をうろついているあいだ、母は森にはいらなかった。ぼくもまた、森にはちかづかなかった。

窓べからなくなっていたコガネムシを、ようやく見つけた。それは天井にはりついていた。ふとんに横たわって、なみだをぬぐっているとき、さかさになって天井にとまっているコガネムシが視界にはいったのだ。その姿は黄金などではなく、どこにでもいる緑色だった。机と椅子をかさねて上にのり、なんとかつかまえることができた。森でひろったものにまちがいなかった。足の一本がおりまげられていた。観察していて、ぼくが不注意でまげてしまったものだ。

たやすく手にはいった黄金が、永遠でありつづけるなど、あるわけがなかったのだ。

地球の産みおとした自然の金とおなじであるはずがなかった。

閉鎖間際の工場は、朽ちていく直前、自らの出した廃液でなにをしようとしたのか。


犬の声がした。窓をあけて外を見ると、森のおくへおきざりにしていたはずの飼い犬が庭でほえていた。コガネムシと同様に、もう黄金ではなくなって、舌をたらしていた。

母が納屋にむかった。黄金をいれていた農作業用の袋をひっぱりだすと、母は中身を地面の上にぶちまけた。

団子状の肉塊が袋からおちてきて、湿った音をたてた。ひとかかえもある大きさで、よく見ると、人間の髪の毛みたいなものが、団子のなかにまじっていた。それはすこし前まで、たしかに黄金だっただろう。しかし今は、昆虫の団子にまじっているだけの、ただの、湿ったものだった。

「ねえ、それはなに。髪の毛みたいなのが、まじってるよ」

「髪の毛だけじゃないよ。目も口もあるよ。首から上だけをもってきたの。一度に全部ははこべないからね」

「ぼくたちは、あの工場に、だまされていたんだよ。時間がたつと、もとにもどるしくみだったんだよ」

「そうみたいね。さあ、ぼうや、今日はもうおそいから、はやくお眠りなさい。明日《あした》の朝、寝坊して、学校におくれてしまうよ」

「おかあさん。おかあさん。それは、おとうさん？　それとも……」

「ぼうや、こんな夜おそくまで、子供がおきていたらいけないよ。ふとんにはいって、朝がくるのをまちなさい」

「いやだよ。ぼくはおもうんだ。もうずっと朝なんてこないんじゃないかな」

ぼくはコガネムシをポケットにしまいこんで、家をぬけだした。

森の中には、甘く、頭がしびれてくるようなにおいがしみついていた。死んだように木の葉はゆれをとめていた。煙突とコンクリートの巨大な影が、木々の間から見えた。影の輪郭が今にもゆらめいて、たちあがり、月や星をかくしてしまうような気がした。巨大な羽をひろげ、夜空にとびたちそうな気がした。どこから来たのかわからない、その生物は、今まで工場のふりをしていたのではないか。そして今、結婚相手を見つけて、いっしょにここからいなくなり、冥界《めいかい》かどこかへもどっていくのではないか。

森のおくから、うう、うう、といううめきが聞こえてきた。

コガネムシがポケットから出てきて、つかまえようとする前に、手のとどかないところへ逃げた。

いつまでももってなさいと、あの人は言った。こんなきれいなのを見つけられるなんて、うらやましい、と。

ぼくの黄金は指さきほどの大きさの、小さなものだった。それより大きな黄金は、重くて、とても森のおくからもちだせなかっただろう。

あの人は言った。きっとわたしには、もうこんなきらきらしたものは、見つけられないにちがいないもの。だからいつまでも、これをはなさないでいてね。

指先ほどの小さなコガネムシは、巨大な暗闇に音もなくのみこまれ、それきりもどってこなかった。

了

未完の像

一

　少女が訪ねてきたとき、師匠は外に出ていた。私は土間で鑿《のみ》を研いでいたのだが、その手を休めて玄関先にむかった。少女の年齢は十四か十五というところだろう。身なりはみすぼらしく、服のところどころに破れた箇所があった。しかし目は大人びており、頰から顎《あご》までの線が美しかった。玄関先に冷たい風が入ってきた。寒気を感じ、鳥肌が腕をおおった。

「なんの用ですか」

　私が聞くと、少女は家の奥をちらりと見た。その仕草が、あなたでは話にならないから師匠を呼んできてほしい、というものに見えた。

「ここに弟子入りしたいのだが、女でも仏師になれるのか？」

　少女の声はぶっきらぼうだった。

「私はこれまでに何人もの人を殺してきた。近いうち捕まって縛り首にされるだろう。その前に自分で仏像を彫って残しておきたいんだ」

冗談を言っているのだと思った。

「師匠は外出中なので、今日はお帰りください」

しかし少女は私の横をするりと抜けて土間に入り込んだ。鑿や砥石《といし》や散らばっている木くずを眺めはじめた。勝手に入らせては師匠に怒られると思い、少女の腕をつかもうとするのだが、彼女は風のようにするすると私の腕を避《よ》けた。

「しょうがない、ここで待たせてもらう」

少女は涼しげな顔で土間に座り込むと、落ちている拳大《こぶし》の木片を拾って鼻先でくんくんと匂いを嗅《か》いだ。

「檜《ひのき》の破片か。仏像を彫ったときの切れ端かな。暇つぶしの玩具《おもちゃ》にしてもいいか？」

少女は聞くだけ聞いて私の返答を気にせずにふところから小刀を取り出した。

「追い返そうとしたら、これであんたをぶっ刺すからね」

鼻歌交じりに言いながら、さっさっさっと小刀で木片の角を取った。木くずがよどみなく彼女の手から舞い落ちた。どのように彫るか迷う様子は見られず、小刀をあつかい慣れているようだった。刃物を持った相手に逆らうことはしたくなかった。私はため息をついて鑿の研磨を再開した。

しばらくたって少女の手の中で小鳥が完成した。少女はそれを地面に置くと、立ち上がって退屈そうに背伸びをした。

「まだ戻ってこないのか。しょうがない、また来るか」

少女は帰っていった。私は残された木製の小鳥を拾い上げて眺めた。見れば見るほどよくできた彫刻だった。一枚一枚の羽根に真実味があった。柔らかさと、温かさがあった。その小鳥を手の中に包んでいると、心臓の鼓動や、寒さで震える様が、手のひらから伝わってくるような気がした。

あの少女はいったいなんだったのか。まさかこれほどのものを造るとは思わず、もう少しまともに話を聞けばよかったと後悔した。私はその小鳥を上がり口に置いて、再び自分の作業に戻った。

鑿を研いだ後、庭の掃除をしていると、玄関先が慌ただしかった。行ってみると師匠が寺から戻っていた。はたして何があったのか、玄関扉を開け放した状態で空を見上げていた。

「どうかしたんですか？」

私が聞くと、師匠は愉快そうに笑った。

「なあに。土間に鳥が迷い込んでいたのだ。玄関を開けて追い出したら、一目散に空へ逃げていった」

上がり口に置いておいた小鳥の彫刻が消えていた。

二

「弟子を増やす余裕はないそうです」

翌日にまた少女が訪ねてきたとき、私は師匠の言葉を伝えた。

「なんでだ。私が女だからか？」

少女は不満そうだった。

「大勢の弟子を食べさせるほどの余裕が、うちの師匠にはないのです。ところで昨日の小鳥はよくできてました」

「あんたには彫れないくらい、見事だったろう？」

少女はさも当然という顔をした。感心した自分が馬鹿のように思えた。

「さあ、お帰りください」

少女を外に追い出して玄関扉を閉めると、土間で続けていた仏像造りの練習に戻った。師匠の手伝いがない日、私は自分の技を磨くため鑿をふるった。弟子入りして十年近くになるが、修業する日々が続いていた。師匠はほとんど何も教えてくれず、手伝いをしながら横目で技を盗むしかなかった。鑿の先端を木の表面に当てて、柄の尻《しり》を槌《つち》でたたいた。木片が落ちて、如来様の腕がまた少し浮かび上がった。良いものができつつある。

「へえ、うまいもんだね」

いつの間にか少女がすぐ後ろにいた。腕組みをしながら私の手元を覗《のぞ》き込んでいる。玄関を開けて入ってくる気配もなかった。

「こりゃあたいしたもんだ」

「いったいどこから入ってきたんですか」

「そんなの、どうでもいいじゃないか。なあ、あんたでいいよ。仏像造りを教えてよ。見よう見まねでやろうとしたけど、うまくできなかったんだ」

少女は着物の重ねたところから一抱えもある木の塊を取り出した。それはどう見ても少女の腰より大きかったが、どうやって着物の内側に隠していたのかわからない。

「これは何です？」

「仏像に決まってる」

少女の取り出した木の塊は、奇妙にねじれた形をしていた。どこが頭で、どこが足なのかわからなかった。翼のようなものが生えている上に、鱗《うろこ》らしきものまであった。

まったくのでたらめである。

しかし、妙な迫力があった。それは仏像ではないが、ごみでもなかった。私は寺を訪ねて回りすぐれた仏像を眺めてきた。そのとき違う世界に連れて行かれるような感覚を、高名な仏師の作から受けた。同じようなものを少女の造った物体からも感じた。

「仏陀《ぶつだ》の教えについて私は何も知らない。だから好きに彫ってみたんだ」

少女は屈託のない声で言った。私は練習の手を休めることにした。私にも酔狂なところがある。彼女がどんな仏像を彫るのか興味を持ったのだ。

「あなたはまず、儀軌《ぎき》について知る必要があります」

土間の上がり口に並んで腰掛けて、私は彼女に言った。儀軌とは像を彫るときの決まり事である。すべての仏像の手や顔は、何尺の仏像には何寸というふうに比例寸法が定められていた。表情や服装、光背《こうはい》にも宗派ごとの決まりがある。それらを守らなければ仏像とは見なされないのだ。

「釈迦《しゃか》如来様は、五本の指を広げ、手のひらを前にし、中指を少し前に倒していらっしゃいます。これらの制約を守ると、あなたはもっと美しい仏様を木の中からお迎えすることができるでしょう」

少女はいまいち納得しかねるようだった。

「楽しくないよ。もっと自由にやったほうが、すごいものができると思うんだ」

「それは仏像ではありません。別の何かです」

制約で縛られているように見えるが、この世に同じ仏像はひとつとして存在しない。彫る人によって仏様の表情は異なってくる。時代によっても少しずつ違ってくる。儀軌は仏師の心を殺してなどいない。

「困ったな。私にできるだろうか」

少女が腕組みして呟《つぶや》くのが不思議だった。

「あれほどの小鳥を彫っていながら、なぜそう思うのです」

「あんなのは簡単だ。家のそばに本物がいる。見たことがあるからだいたい彫れる。でもお釈迦様や阿弥陀《あみだ》様は違うぞ。見たことがない」

「言い換えれば儀軌こそがお姿なのです」

「まあやってみるよ」

少女は立ち上がって帰っていった。彼女が彫ってみたという奇妙な形の物体は、土間に置きっぱなしだった。

その後、三日に一度の割合で少女はやってきた。私は儀軌や仏師の系譜について彼女に教えた。彫る前に木を乾燥させなければ表面にひび割れができることや、それを防ぐために内刳《うちぐ》りという工程を行うことなども説明した。年上の私に向かって少女はぞんざいな口調で、名前や素性はいつまでもわからないままだった。小刀しか使ったことがないというので、師匠には内緒で鑿《のみ》の研ぎ方や使い方を教えた。古くなってもう使われない道具を与え、ときには食事の残り物をわけるときもあった。

私は時折、練習で彫った仏像と、少女が置いていった奇妙な形の物体とを見比べた。自分の仏像は確かに表面が整っていた。これが売り物であれば、寺の人間は喜ぶに違いない。人々はありがたがって拝むだろう。しかし少女の彫った物体に比べてどこか軽かった。私の中に少女への親しみが生まれつつあった。しかしそれと同じ早さで嫉《しっ》妬《と》心も抱いていた。

三

「これまで三人、旅人に毒を飲ませて金を奪ったんだ」

少女は森の奥で檜《ひのき》を切り倒した。男でも難しい作業を彼女はこなしていた。そこは少女の住んでいる小屋の裏手だった。森を奥の方にしばらく歩くと檜の生えている場所があった。いつもどこで木材を手に入れているのかと聞いたらそこへ案内された。

木漏れ日が幹をまだらに染める美しい場所だった。

「そのうちに私は捕まって縛り首になるだろう。私のことを調べている奴がいるんだ」

幹を輪切りにしながら少女が言った。力を込めている様子はないのに、鋸《のこぎり》の刃が易々《やすやす》と幹に食い込んだ。

「世間のみんなは、私のことを、鬼だと思っている。実際、その通りなんだ」

「冗談を言わないでください」

「ほんとうだ。旅人を襲う鬼なんだ。術だってつかえる。私は人じゃないんだぞ」

小屋に戻ると、少女は自分が殺したという旅人の服や持ち物を取り出して並べた。使った毒は植物の根を煎《せん》じたものだという。食うのに困った時期、このまま餓死するよりもと考えて旅人を襲ったそうだ。少女の住んでいる小屋は山道の途中にあり、旅人が休んでいくのにちょうどよい。休んでいきなよと声をかければ、旅人は小屋でお茶を飲んでいくだろう。しかし、鬼だなんて馬鹿げている。

そのとき、少女と一緒に住んでいる少年が湯飲みにお茶を注《つ》いで持ってきた。少年の年齢は見たところ五歳くらいである。私は湯飲みを手にとって飲むべきかどうか迷った。たった今、毒入りのお茶の話を聞いたばかりである。結局、口をつけずに床へ置いた。

お茶を持ってきたその少年が、少女とどのような関係なのかわからない。案内されて少女の家にやってきたものの、その子について何も説明を受けていなかった。背丈は私の腰あたりまでしかなく、つぎはぎされた服を着て、少女の言うことをよく聞いていた。

「その子、きみの弟か？」

「まさか！　家族はいない。母もいない。最初から私は一人だ。なにせ鬼なんだからな」

少女が庭先で仏像を彫りはじめ、私はそれを眺めた。仏像と言っても小さなものである。少女は鑿をふるいながら汗を流した。木をにらみつけ、着物を腕まくりして、舞い散る破片が頬に当たるのも気にしない必死さだった。鑿の先端が木の表面に食い込み、破片を落とす。中から徐々に人形《ひとがた》のものが現れてくる。最初の内、茫洋《ぼうよう》としたお姿であるが、少しずつ輪郭が明瞭《めいりょう》になってくる。いいものができつつあった。私の習作にくらべたら、荒々しい。しかし、無骨な彫りの奥に、言いしれない深みがあった。しかし少女は途中で手を止めた。肩で息をしながら、もうあと少しで完成するはずの仏像を見下ろしていた。

「どうしました？」

「だめだ……」

少女は仏像を持ち上げると、庭の片隅に持って行った。薪《まき》割り用の斧《おの》で二つに割ると、積み上げられている薪の山に載せた。よく見るとそこには、未完成の仏像が割られて山になっていた。

「なんてことを！」

少女はまだ一体もまともな仏像を完成させていないようだった。

「さっきのはできそこないだったよ。でも、儀軌とやらの意味がなんとなくわかりかけてる。気にせず彫っているつもりなのに、やればやるほど儀軌に近づいていく。頭の中にいる仏様を、木の中から連れてこようとすると、あんたが言ってた通りの姿で現れようとする。もしかすると好きに彫ればいいというものではないのかもしれない。確かに、私ごときがわがままに彫って仏様が生まれるのなら仏師なんていらないよな。かといって、儀軌とやらだけを律儀に守っても仏様は現れちゃくれないと思う。儀軌ってやつは、たんなる表面であって、ことの本質ではないみたいだからな」

私は少女が憎たらしかった。彼女の口にしている内容を、まだ実感として私の手はとらえていなかった。自分は仏像の表層のところを彷徨《さまよ》っている。しかし少女は内側の大事な部分をすでにつかんでいるような気がする。十年近く、私は師匠の元で修業した。しかし少女は、私より何倍も早くその道を進んでいるのではないか。

夕方になり私は帰ることにした。帰り道の案内人として、小屋にいた少年が私の先を歩いた。きみの名前は何かねと話しかけるが、無表情に私を振り返るだけで答えようとしない。まったく奇妙な少年だった。途中の道ですれ違った村人と世間話をした。この近辺で旅人がいなくなるという事件は、実際に何度かあったらしい。旅人の家族という人物が、今もよくこの近くを歩き回って何が起こったのかを調べているという。

「ところで、あなたの連れているその子、何カ月か前に病気で死んだお隣の坊やに似ています」

村人が少年の顔を見て驚いたように言った。この子は森のそばの小屋で少女と一緒に暮らしていたのだと説明すると、村人は首をかしげて言った。

「あの小屋に、人なんて住んでいましたっけね。そういえば大昔、あの辺に捨てられた子供が人食い鬼になったという話がありましたっけね。うちのおばあさんが、よくそんな話をして、子供たちを怖がらせてましたよ」

村人と別れた後、しばらくして少年が石に躓《つまず》いて転んだ。大丈夫かい、と助け起こそうとしたが少年はうごかなかった。首の部分にひびが入っていた。少年のやわらかそうな頬にうっすらと木目があった。そのときようやく、少年が生身ではなく、檜でできているらしいと気づいた。私は木製の少年を置いて走って逃げた。

少女が捕まったのは翌日のことだった。

四

そうなることを彼女はすでに知っていたのだろう。聞くところによると、行方不明になっていた旅人の親類が、少女の家を訪ねて問いつめたらしい。少女はすぐに自白すると、馬で引っ立てられて町中を歩かされたという。抵抗する様子もなく、始終、顔をうつむけており、翌日の夕方にはもう縛り首の刑にされたらしい。一部始終を私は見ずに人から聞いた。少女が歩かされている様や、首に縄を巻かれてぶら下がっている姿など私は正視したくなかった。

自分の体験したことが現実にあったことなのかどうかわからなくなっていた。少女の住む小屋から戻る途中、私は居眠りをしていただけなのかもしれない。彼女の彫ったものがあまりに本物らしいので、それがうごいていたという見間違いをしていたのかもしれない。

どちらにしても、彼女の彫る小鳥や少年は本物以上に本物らしかった。少女が仏像を彫り続けていたらどうなっていただろう。本物以上に本物らしい如来像や菩薩《ぼさつ》像を木の中からお迎えしていたのだろうか。

本物以上の形を与えられた小鳥や少年の人形が、本当にうごいていたとする。あるいは錯覚だったとしてもいい。もしそれだけの仏像が彫れたなら、どうなっていたことか。あの鳥や少年の彫刻とおなじように、あの子が仏像を完成させたとき、仏様もまた地上に降りていらっしゃるのだろうか。

その日、私は寺で師匠の手伝いをしていた。午後遅くに師匠が仕事を切り上げて、出していただいたお茶を飲んでいると、妙な噂が聞こえてきた。寺にやってきた近所の者が、縛り首になった少女のことを話していたのだ。少女が吊《つ》るされて五日が経っており、普通ならうごかなくなった体を鴉《からす》がついばむはずだという。

しかし今回、なぜか鴉は少女の体に近づいてこない。それどころか少女の体は腐りもしない。肌が生きているときのまま張りを保っているという。

「奇妙に思ったお役人さんが、ちゃんと脈も調べたんだよ。でも死んでるのに間違いないって話さ。脈もなければ、心臓もうごいてない。気味が悪いっていうんで、ついさっき下におろして埋葬したってさ」

もしかしたらと思い、私は立ち上がった。

少女の住んでいた小屋にはもうだれも住んでおらず、踏み荒らされた跡があった。私のあげた鑿《のみ》や槌《つち》は見あたらず、小屋の裏手に広がっている森から、コーン、コーン、と木を削る音が聞こえてきた。

木の根に足をとられながら森を奥へと走った。先日、檜《ひのき》を切っていた場所に少女がいた。頬がこけて顔が青白かった。この五日間、まともなものを口にしていないのだろう。目の下が黒く、死ぬ一歩手前の病人に見えた。しかし瞳《ひとみ》だけは爛々《らんらん》とかがやいており、鑿を握りしめている手や小さな肩から熱を感じた。

「来ないかと思ったぞ」

少女は私を見ずに言った。檜の塊に鑿を突きたてている最中で、よく見れば周囲にいくつもの未完成の仏像が転がっていた。

「顔色が悪い」

「一睡もしてないからな」

「縛り首になったのは……」

「別のものを私と間違えて連れて行ったんだ。みんな、あれが生きていると思いこんでいた。本当は木の塊なのに」

「知り合いの寺があります。そこにかくまってもらったらどうです」

「人殺しを助けるというのか？　それに、まだだ。完成していない」

少女は木の塊に向き直った。両手で抱えられるほどの大きさである。まだ彫りはじめたばかりだった。

「これを最後にするよ。だから待ってくれ」

少女は再び鑿をふるいはじめた。結局、少女はまだ一体も完成させていない。それが心残りなのだろう。鑿をふるう音が森にこだますると、逃げていく鳥の羽ばたきが聞こえてきた。風も止み、次第に周囲から生き物の気配が消えていった。静けさの広がった空間に、木の削られる音が続いた。先日、逃げ帰ったときのような、少女に対する恐ろしさはもうなかった。私は彼女をそばで見守った。

少女は何かに取り憑《つ》かれたようだった。目は木の塊に向けられていながら、どこか別の場所を見ているように定まっていなかった。その姿はほとんど幽鬼のようである。少女が鑿を振り下ろすと、仏様の艶《つや》やかな肩が浮かび上がった。まるで仏様の肩にのっていた木片を払い落としたかのようだった。続けて鑿の先端が、仏様の腕にかかっていた木片を払いのけ、衣服の皺《しわ》の間から檜の破片を取り除いた。塊の中にいる仏様の姿が浮かび上がってくると、私は次第におちつかなくなった。彫られつつあるのは釈迦《しゃか》如来様のようだ。少女は、別の場所にいらっしゃるあの方を、小鳥や少年と同じように現世へお連れしようとしているように見えた。

儀軌のことを考えているのかどうかわからなかったが、少女の彫りつつあるものは、これまで目にしたどんな仏像よりも調和のとれた形をしていた。髪の毛ほどの狂いもなく、一片の間違いもなく、少女は彫りつづけ、木の中から見えてくるそのお姿は、初めて目にするというよりも、ずっと昔から知っているような気がした。少女は何かの確信を持ってうごいていた。少しの失敗も許されない。間違えば木の中の釈迦如来様はここからいなくなるはずだった。

少女は顔に狂気を浮かべていた。しかし体の方が追いついていないようだった。不眠不休で彫っていたという少女の肉体が、すでに崩壊寸前であることが横で見ていてわかった。鑿の音がするたびに少女の生命もまた削られているようだった。

終わりのときは唐突にやってきた。その瞬間、まるで糸がぷつんと切れたように森が静かになった。木々の間にこだましていた鑿の音が消え、耳のおかしくなるような、しんとした気配がたちこめた。

少女が手を止めたのは完成目前のときだった。まだ如来様の上には薄布をかぶっているように檜の層があった。すでに慈愛が全身から発散されていたものの、しかしそのお顔が曖昧《あいまい》なままだった。

手から鑿と木槌が落ちた。少女は座り込むと、少しの間、目を周囲に彷徨《さまよ》わせた。やがて顔を両手でおおうと、すすり泣きをしはじめた。私は予想外のできごとに驚いた。さきほどまで少女の全身にあった力はどこにもなかった。その代わり目の前にいたのはごく普通の人間の子供のようだった。

少女は、小さな肩を震わせてぐすんぐすんと泣いた。嗚咽《おえつ》まじりに自分の父母のことを語りはじめ、特に母親から遊んでもらったときのことを多く話した。少女は私の手を握りしめた状態で気を失い、私はそれを背負って森を出た。途中、私の背の上で少女は一度だけ目を覚ました。何かを呟《つぶや》いた後、すぐにまた黙り込んで、それきり目を覚まさなかった。

はたして少女が鬼だったのか、人間の子供だったのか、わからずじまいだった。あるいは完成目前に、少女の目は一足早く如来様のお姿を見たのかもしれない。そして少女の中にあった願いはかなえられたのかもしれない。

知り合いの寺に頼んで少女の埋葬と供養をしてもらった。顔の曖昧な仏像は私の手元にある。少女の代わりに私が顔を彫り、自分の作として発表すれば、名声を手に入れられただろう。しかし私はそれをしなかった。お顔を間違って刻めば、まさに今、現世に出てこようとする如来様が消え去ってしまう。人間の造ったただの一級品に成り下がってしまう。だから私は、それを未完成のままに止《とど》めておいた。彫る前に木を乾燥させることも、内刳《うちぐ》りをすることもしなかったので、やがてその表面にはひびがはいってしまい、少女が彫ったときにあった神々しさはうすれてしまった。

了

鬼物語

一

「ばあちゃん、どこ行くの」

「沢に行ってくる」

「だめだよ。あそこに入っちゃいけないんだよ」

「そうだよ。沢で騒いだら、怖いものがやってくる」

「ばあちゃん、ぼくも行っていい？」

「おまえ、鬼に食われたいのかい」

　孫を残して沢に向かった。少し前から胸の痛みがひどく、自分の命が長くないことを悟っていた。それなら桜の沢に入り、引き返すまいと思った。この世のものとは思えない桜の天井の下で、奥へと歩きながら、あの子の名前を呼ぼうと思った。

二

今年の桜の花びらはやけに赤いなと、泣いている弟の手をひっぱって歩きながら少女は考えた。近隣の国で戦があったと聞く。流れた血がこの土地まで染み渡り、桜の根が吸い込んでしまったのかもしれない。散った花びらが弟の着ているぼろの着物にくっつくと、血が滴ったように見えて、いそいではたきおとした。

「姉ちゃん、ごめんね。山に行くの、ほんとうにいやだったんだ」

しゃくりあげながら弟が言った。

「いいよ。根試しなんて馬鹿げてる。じいじが言ったろ。あの山には鬼が住んでるって。嘘かほんとか知らないけど」

村の子供たちがみんなで山に出かけた。少女たちも誘われたが、弟が泣いて怖がったのでついていかなかった。おかげでさんざん馬鹿にされた。少女と弟は双子だった。顔は少し似ていたが、気性は正反対だった。少女は決して泣かなかったが、弟は一日に十回も泣いた。転んだと言っては泣き、花が枯れたと言っては泣き、姉が馬鹿にされたと言っては泣き、だんご虫が丸くなったと言っては泣き、地面の穴ぼこが怖いと言っては泣いた。

　自分たちがほかの子からいじめられるのは生い立ちのせいだろう。父親がわからないのだ。母は若い頃に川で溺《おぼ》れて以来、頭がおかしくなっており、食事も着替えも下《しも》の世話もすべて祖父がやっている。あるとき、急に母のお腹が膨れ上がって自分たちが生まれたという。

　なんとか泣きやんだ弟を桜の木の根元に座らせて少女はため息をついた。風が吹くと血のような花びらがいっせいに散った。浮いたり沈んだりを繰り返しながら子供の頭が小川を流れてきたのは夕方の頃だった。小川は山からきて村のまん中を通っていた。川面《かわも》を子供たちの首から上がくるくると数珠《じゆず》つなぎに浮いていた。村の人たちはひとつふたつと拾い上げた。子供の親は首を抱きしめると声をあげて泣き始めた。山に行った子供たちの全員だった。探しても首から下は見あたらなかった。きっと熊の仕業だろう。少女は村人たちの騒動を見ながら、山に行かなくてよかった、と思った。

「あぶないあぶない。もしもついていってたら、私らもああなってたかもしれない」

　少女がそう言うと、弟がめそめそ泣きながら言った。

「かわいそうに、かわいそうに。どうしてこんなことになっちゃったの」

「おまえ、泣くなよ。あいつらに、いつもいじめられてただろ」

弟は川べりに集まっている人々を見ながら嗚咽《おえつ》をやめなかった。つくづく変なやつだ、と少女は思った。

「あれは熊の仕業じゃない。鬼のやったことさ。恐ろしい。恐ろしい」

祖父はそう言うと、怯《おび》える母の肩を抱きしめて、いっしょになって震えていた。

「でも、みんなは熊が食べたんだって噂してるよ」

少女は夕飯代わりの白湯《さゆ》をぐっと飲んだ。

「いいや、あれは鬼さ。じいじは見たのだ。あいつの恐ろしい姿を。あいつは帰れなくなったのだ。だからしかたなく山に住み着いた。じいじのお母《かあ》は、あいつに殺されたのだ」

夜になっても寝付けなかった。少女は布団を出て夜空を眺めた。山裾《やますそ》にへばりついている村の家々を月が照らしていた。子供たちの死んだ山は天を目指してそびえていた。その姿は暗闇の中でもなお暗かった。祖父の話では鬼が住んでいるという。村人のだれも見たことはなかったが、巨大な熊がいるという噂ならあった。それも普通の熊ではない。仲間の熊を襲って殺すほどの猛々《たけだけ》しいやつである。

村の長《おさ》から聞いた話だ。おもしろ半分で山に入った村人が、熊の死骸《しがい》を見たという。

人間の背丈の二倍はあろうかという大きさの熊だ。死骸の散らばり方から、巨大な動物が食い散らかした跡のようだったという。熊よりもなお大きくて強い動物とは、はたして何だろうか。村人たちは結局、同族殺しの巨大な熊がいるのだろうと囁《ささや》きあった。

少女は寒気を感じてぶるりと震えた。壁のようにそびえる山が、少女をじっと見つめているような気がした。何かがいるらしい、とは感じていた。夜になると時折、この世のものとは思えない咆哮《ほうこう》が山の方角から聞こえてくる。家に戻って布団にもぐりこむと、隣で弟が泣いていた。

「姉ちゃん、夜に出歩くのは危険だよ」

「おまえ、なんで泣いてんだよ」

「心配してたんだよ。でも、怖くて動けなかったんだ」

眠ろうとしたとき、山の方角からあの咆哮が聞こえてきた。みんなは風の音だと言う。狼や犬の声とは違っていた。耳をすますとそれは言葉のようだった。念仏やすすり泣きのように聞こえることもあった。

翌日、少女がいつものように弟と遊んでいると、村人たちが長の家に集まっていた。

をすませた。

どうやら集会が行われるらしい。少女は家の壁にはりつき、中で行われている話に耳
「こらっ、餓鬼ども。盗み聞きするんじゃない」

大人のひとりが少女に気づいて外に出てきた。

「いいじゃない、聞きたいんだもの」

「おまえたちは村のもんじゃない。気のふれた母親が、どこか他所《よそ》から仕込んできたくずどもだ。おまえらの爺《じい》も、鬼などとぬかしやがる。頭のおかしい一家め、早く村から出て行け」

そう言うと弟の背中をつきとばした。弟は転んで、少女はかっとなった。

「みんな死んじゃえ！」

長の家から他の村人たちが出てきて全員で少女につかみかかってきた。少女は木の棒をつかんでみんなをたたきのめそうとしたが、弟がはがいじめにされたので動けなくなった。

「どうせあんたらの中に私たちの親父がいるんだろ！　どいつだ！　おまえか！　それともおまえか！」

全員を順番ににらんだが、村人たちは少しも気圧《けお》されなかった。子供の力などみん

なは少しも怖くないのだ。ちくしょう、と少女は胸の中で毒づいた。

「やめなさい。そして、早くお帰り」

村の長が出てきて諭すように言った。

「爺さんや母さんに話すのだ。さきほど話し合いで決定した。今晩、山に火を放つ。熊を焼き殺すのだ。だから早くおうちにお帰り、子供たちよ」

三

「人にやさしくしなさいね。弱い者を見捨ててはいけないよ。この呪わしい土地を生まれ変わらせるのは、その思いの外には、きっと何もないのよ」

友だちと喧嘩《けんか》をして川のそばに座っていると、母が隣に腰かけて言った。すり傷だらけの僕の顔をそっとなでると、母はかなしそうな表情をして立ち上がった。

「どこ行くの？」

「おじさんたちがお花見してるの。あなたもいらっしゃい」

沢の方から笛の音色が聞こえていた。僕は立ち上がって、母と一緒に沢へ向かった。

村から見て日の出の方向に山があり、その麓《ふもと》に桜の沢があった。僕と母は村人に挨拶《あいさつ》をしながら、田んぼにはさまれたあぜ道を歩いた。母は両手に盆を抱えており、花見で食べるというお団子が載っていた。山から流れてくる小川に橋がかかっていて、その上を通ると魚がはねて音を出した。

「お母、見て、魚だよ」

僕を振り返ると、母はすっと目を細めた。川面に反射した日の光が母の横顔を照らした。

村はずれが斜面になっており沢が見下ろせた。僕はめまいを感じる。数え切れないほどの桜の木が、ずっと向こうまですきまなく、いっせいに花びらを広げていた。まるで沢全体が桜の海で波打っているようだった。

「見て。全部、どこまでも桜だよ。今年はやけに赤いね」

桜の木の間に、村のおじさんやおばさんが茣蓙《ござ》を敷いていた。毎年、この時期にはみんなでお花見をする習わしだった。他の者は仕事を片づけて後から駆けつけてくるのだろう。

「このお酒、だれが買ったの？」

僕はおじさんに聞いた。おじさんは酔って赤くなった顔で返事をした。

「村の全員で買ったのさ。お金が手に入ったおかげでね」

「お金？」

「戦があって、大勢が死んで野原に横たわっていた。哀れなもんよ。村のみんなで手分けして、そいつらから鎧《よろい》刀をはぎとったのさ。高く売れたぞ。さあ、お祝いだ。お祝いだ」

おじさんが笛をふいた。耳のくすぐったくなるような音色だった。母がお団子を置くと、みんなが我先にとそれをつかんで口に入れた。だれかが笛の音につられて立ち上がり、踊り始めた。だんだん楽しくなってきて、僕もいつのまにかみんなと一緒に踊っていた。

母が莫蓙に正座して沢の奥を見つめていた。

「お母。どうしたの」

「さっき向こうの方で、鳥がいっせいに羽ばたいていくような音がしたの」

そばにいたおばさんが、母の言葉を聞いてふりかえった。

「村のだれかが迷っているのかもしれないね。騒いでいればそのうちここに来るでしょう。お願いがあるんだけど、長の家から、追加のお酒を持ってきてちょうだい」

「わかりました」

母は立ち上がって村に戻っていく。お面をかぶっている村の若い人たちが桜の下で歌っていた。中の一人が色鮮やかな赤い下駄《げた》をはいていた。知っている顔の子供たちが陽気な顔でくるくると駆け回っていた。飽きることなく笛の音は沢に聞こえていた。喉《のど》が渇いて、僕は酒の注《つ》がれた杯に手をつけた。酒というのをこれまで飲んだことがなくて、においにむせてしまい、はき出してしまった。それでも半分くらいはお腹に入って、ほのかに体が温かくなった。

子供の一人が立ち止まって、沢の奥をじっと見ていた。

「どうした？」

「奥の方に、だれかいる」

桜の木々が遠くまで続いていた。たしかに人影のようなものがあった。笛の音色に引き寄せられたのか、近づいてくるように見えた。舞い散る花びらのせいでぼんやりとしていた輪郭が、少しずつはっきりとし始めた。

「桜の向こうから、だれかがやってくるよ」

「大きな人だな。頭が木の枝に届いている」

「行ってみようか」

赤い下駄をはいて踊っていたお面の男が、何人かの子供を引きつれて人影に向かって駆けていった。僕も追いかけようとしたが、足下がふらついて走れなかった。踊り疲れのせいと、さきほど口にしたお酒のせいだろう。人影のことなんてどうでもよくなってしまい、桜の根元に腰をおろして、母の帰りを待った。気づくと僕はうつらうつらとして、はっと目を覚ますと笛の音色がやんでいた。

こり、ぽり、ぱき……。

小枝の折れるような音がすぐそばから聞こえていた。

ついさきほどまで踊っていた人々が、呆然《ぼうぜん》とした顔で立ちすくんでいた。足踏みも手拍子も止まっていて、みんなは僕が座っている桜の木の後ろを見つめていた。

ごり、ふぎ、ぽり……。

音にまじって、何かが滴るような音もあった。あたりに充満していた酒のにおいとは別の、生臭いものが鼻についた。僕が振り返ろうとしたとき、ずしんと地面が揺れて、周囲の花びらが大雨のように散った。

木の後ろに巨大な何かが立っていた。さきほどの揺れはそいつが足を踏み出したせいだとわかった。僕は根元に座ったままそいつを見上げた。服は身につけておらず、頭は枝に届くほど高い場所にあった。手に持った何かを口に押し込んで、巨大な顎《あご》をうごかして噛《か》み砕《くだ》いていた。

ぽり、ぺき、かり……。

口元から飛沫《しぶき》が飛んできて頬に落ちた。拭《ぬぐ》うと手が赤く汚れた。どうやらそれは血のようだった。そいつが齧《かじ》っているのはだれかの足だった。その足には鮮やかな赤い下駄がはまっていた。

そいつは足下の僕に気づかず、大人たちに近づいていった。大人たちは逃げようとしたが、そいつの足は速かった。大人たちをつまんでは、子供が虫を殺すみたいに、次々と首をねじっていった。

あらかた動くものがいなくなると、そいつはようやく僕に気づいた。木を揺らして花びらを落としながら、そいつは近づいてきた。歩くのに邪魔な木は、腕のひとふりでなぎ倒した。顔にかかる枝程度なら、無視して突き進んだ。そいつの頭から背中にかけて、たてがみのような黒い髪の毛が生えていた。まるで雑木林のように硬そうな毛のなかに、牛のような角が二本、埋もれていた。そいつは親指を突き出して、僕の顔に近づけてきた。そいつの巨大な指の腹は、ちょうど僕の頭とおなじくらいの大きさだった。そいつはどうやら、僕の頭を押しつぶそうとしているらしい。そう気づいたときだ。どこかから瓶が飛んできて、そいつの後頭部に当たると、割れて中の酒を飛び散らせた。そいつの後ろに母が立っていた。母はすっと目を細めた。

「さあ、お逃げなさい」

そいつは母の方に向き直り、母の体を手のひらですっぽりとつつみこんだ。そのまま持ち上げると、親指と人差し指で頭を押しこんで、母の体を、ほんの小さな塊にしてしまった。

僕は走って逃げた。生き残ったのは僕だけだった。村の者は鬼のことを信じず、食い散らかされた死骸《しがい》は、熊に襲われたものだろうと囁《ささや》かれた。鬼の居場所が僕は気になった。そのうち山から得体の知れない咆哮《ほうこう》が聞こえるようになり、そこに住み着いたのだとわかった。

四

私がまろうどに会ったのは川で魚捕りの竹籠《たけかご》をしかけていたときだ。彼は馬から下りて私の手元を見た。

「なるほど、出入り口が一方通行になっている。籠に入り込んだ魚は、外に出られないというわけか」

まろうどの腰には刀が差してあり、どうやら侍らしいとわかった。しかし着物は薄汚れ、穴があいており、立派な人物には見えなかった。おどろいている私に、彼はにこやかな顔で聞いた。

「娘よ、村の長《おさ》の家に案内してもらえないか」

長の家まで歩く途中、私は聞いた。

「旅をしてるの？」

「罪人を追っている。遠くの町で悪いことをした男が、この辺の山に逃げ込んだのだ。それにしても坂の多い村だな。足腰が強くなりそうだ」

彼は馬を引いて歩きながら山を見上げた。その日、曇り空の下で山は暗い色をしていた。

長の家でまろうどはしばらく話しこんでいた。村のみんなが囁きあいながら家の周囲にあつまっていた。長の家を出てきたまろうどは、ならんでいる村人たちに面食らいながら、私を見つけて近寄ってきた。

「さっきはありがとう。しばらく長の家に住まわせてもらうことになった」

「あら、そう。まろうどさん、気をつけて。この村の人たち、外から来た人にはやさしくないから」

村のみんなは警戒するような目で彼を見ながら散っていった。

「まろうど？　何だそれは？」

「あなたのことよ。まれな人、という意味。この村を訪ねてくる人を、そう呼んでるの」

その日以降、まろうどは長の家に住み着いた。

「その罪人は何をしたの？」

「人を殺して金をうばった。山に入るところを、となりの村の者が見ていてね。そのうち、食べ物が恋しくなって、山から出てくるだろうよ」

川で魚捕りの籠をしかけながら、まろうどと話をした。蝶《ちょう》が川縁《かわべり》をはずむように飛んでいた。

「それまであなたは何して過ごすの？」

「昼寝をしようかと思う」

「侍というのは、優雅なもんね」

翌日、私と父が畑に苗を植えていると、まろうどがやってきて、手伝わせろと言った。お侍様にそのようなことさせるわけにはいきません、と父は言った。

「やらせりゃいいのよ。他にやることないんだから」

私は苗をまろうどに持たせた。まろうどはひとつずつ丁寧に苗の根本へ土をかけた。

畑仕事が終わった後、まろうどと父があぜ道に腰掛けていた。どうやら父が、山に鬼が住み着いているというものほら話を聞かせているようだった。父が子供のころのことだ。村のそばにある桜の沢で大勢が熊に殺された。私の祖母も犠牲になり、父は唯一の生き残りだった。

「熊などではありませんでした。桜の咲き乱れる向こう側から、鬼が彷徨《さまよ》い出てきたのです。鬼はもといた場所に戻れず、あの山に住み着いたのです」

父の話を、まろうどは馬鹿にせず聞いていた。私はありがたいと思った。父の話をじっと聞いてくれる人はこの村にいない。父は意固地になり、私たちの家族は村の中でも孤立した状態だった。母が死んでから、父はいつも寂しそうだった。

「あなたの追っている罪人は、今ごろ山で鬼にやられているにちがいありません」

まろうどは顎ひげをつまみながら山を見上げた。

「しかし、なんでまた、鬼なんてものが……」

「報いです。戦で死んだお侍さまから、鎧刀《よろい》をはぎ取って売り飛ばした罰なのです。この村は、だから呪われたのです」

まろうどは、眉間《みけん》にしわをよせて、父をにらんだ。

「村人が、侍の俺を警戒しているのは、そういうことか」

死んだ侍から鎧刀をはぎとっていたことが知れたら、どんな罰をうけるかわからない。まろうどにとってみれば、この村の人間は、家族の死体にむらがって食い物にしたみたいに感じられたのではないか。彼は父をにらんだまま、刀の柄《つか》を握りしめた。

私は、いけないと思い、父の前に進み出た。

「ゆるして、前の代の人たちがやってたことなの」

彼はしばらく沈黙していたが、やがて頭をかきむしって、立ち上がった。

「まあいい。それよりも、おまえ、おもしろいやつだな。切り捨てられる覚悟で父親の前に出るとはな」

そのことが、きっかけになったのかどうかは、わからないが、私とまろうどは仲良くなった。毎日、家の縁側で話をしたり、農作業を手伝ってくれたりした。ある日、馬に乗せてもらったとき、私は転落して怪我を負った。彼に背負われて家の前までおくってもらったとき、夕焼けで空が赤かった。背負われているところを村の者に見られずに済んで私はほっとした。見られたら何を噂されるかわからないからだ。

「今後、会うときは他の者に見られないようにしたい」

私がそう言うと、まろうどは頷《うなず》いた。私たちは夜に会った。人の来ない村はずれの寂れた小屋で、私は寒さに震えながら彼が来るのを待った。

「俺に話しかけるのは、あいかわらずおまえたち親子だけだ」

「できるだけはやく立ち去ってほしいって、みんなは思ってるはず」

「なぜおまえたちは俺を受け入れるのだ」

「人にやさしくしなさいね。弱い者を見捨ててはいけないよ。この呪わしい土地を生まれ変わらせるのは、その思いの外には、きっと何もないのよ。お父が聞いた、お祖《ば》母《あ》さんの遺言……」

月がまろうどの顔を照らしていた。私は見つめられているのを感じた。梟《ふくろう》が幾度も鳴いた。木の枝に梟がとまっていた。月明かりを受けながら広げた梟の翼は、夜をつつみこんで抱きしめた。


ある朝、魚捕りの籠に着物の切れ端が引っかかっていた。それをまろうどに見せると、彼の顔がくもった。

「罪人の身につけていた着物だ」

川の上流は山である。やはり罪人はそこに潜んでいるのだ。しかしなぜ着物の切れ端だけが川を流れてきたのだろう。まろうどはしばらく考えていたが、刀の手入れをして、山に続く道を歩き始めた。

「怪我をして動けずにいるのかもしれない。確かめてくる」

「そいつが抵抗したら危ない。私も行く」

「だめだ。残っていろ」

まろうどは私を叱りつけて一人で山に向かった。私は取り残され、父と一緒に畑の手入れをした。少し時間をおいてから、まろうどの後を追いかけた。どこへ行く、と父が聞いたので、すぐに戻ってくる、と私は答えた。

山に入ると、道は狭くなった。村人の通らない獣道は、両側から植物が押し寄せていた。倒木を避け、岩の斜面を上った。眼下に小さくなった村が、時折、木々の間から見えた。

「まろうど、どこにいる！」

叫んでも返事はなく、私は心配になった。熊か何かに襲われていたらどうしよう。獣道はいくつもあった。できるだけ川に近い道を選んだ。罪人の着物が川を流れてきたのなら、まろうどはきっと川沿いを調べているはずだ。

歩いても歩いても茂みしか見えなかった。私は深い山の懐に取り込まれたような気がした。小さな羽虫が目に入り、腕で押しのけた枝がはね返って頬をぶった。地面から出ている木の根っこに足をとられ、私は斜面をすべり落ちた。ようやく体が止まったと思えば、突然に腐臭がおそってきた。

轟々《ごうごう》と川の音が聞こえた。蠅《はえ》が飛び交い、蛆《うじ》が地面を覆っている。周囲に何かが散らばっていた。吐き気がおそってきた。かろうじて確認できる着物の様子から、それが人間だとわかった。ちょっと見ただけなら蛆の塊だ。

「見るな、目をとじてろ」

振り返るとまろうどが立っていた。私は悲鳴をあげていて、その声を聞いて見つけてくれたらしい。彼は私の肩を抱きしめて、震えがおさまるまでそうしてくれた。

私たちは死骸《しがい》から距離をとった。しばらくは言葉を話せなかった。さきほどのは、まろうどの追っていた男に違いない。着物の柄が、川で見つけたものと同じだった。きっと、熊に食われてしまったのだ。

「山を出よう。帰り道は、こっちであっているか」

枝を押しのけて歩きながらまろうどは口を開いた。

「わからない。山に入ることはほとんどないから」

「なぜここに来た」

「あなたに話しておきたいことがあった」

「話など、戻ってからでよいのに」

私とまろうどは半ば口論しながら歩いた。どこか休める場所があれば立ち止まろうと思っていた。しかしそのような場所もなく、そのうち獣道の様子がおかしくなってきた。私の前を歩いていたまろうどが、枝を押しのけなくとも歩けるようになっていた。彼もそのことに気づいていた。

「この辺、木がなぎ倒されている。見ろ、あんな場所の枝まで折られているぞ」

彼は頭上を指差した。

「巨大なものがここを通ったのだ」

私たちは無言になった。歩きやすい獣道からは、次第に生き物の気配が消え、鳥の鳴き声も聞こえなくなった。空が曇り始め、今にも雨が降りそうになった。薄暗い雲の中から、どろどろという雷の音が聞こえ始めた。私たちは麓《ふもと》を目指しているはずだったが、いっこうに村は見えなかった。

背後の茂みが、ゆれるような音をたてた。

「今、後ろで何かが聞こえた」

「気のせいだ。振り向くな」

まろうどは私に言い聞かせた。緊張した声だった。私たちは足早になっていた。何かが後ろにいて、私たちの後をついてきていた。見られているような居心地の悪さがあった。私は自分でも知らないうちに涙を流していた。入ってはいけない場所に私たちは迷い込んでしまったのだ。見つかってはいけない何かに私たちは見つかった。すぐ後ろで木が軋《きし》み、倒れる音がした。

「気のせいだ。振り向かずに走れ」

私たちは走った。やがて岩場の道を通り抜けた先が、行き止まりの崖《がけ》になっていた。崖の下は急流になっており、私たちは動けなくなった。

そこは何かの巣のようで、動物の骨が小高い山のようにつみあげられていた。轟々と川の音がする中、雨が降り始め、雷が鳴った。輝きのあった瞬間、私たちの目の前の岩場に、巨大な影が映し出された。私たちの何倍もある影で、急に動物臭さが辺りに立ちこめた。そいつが足を踏み出すたびに、山が震えて、地面の小石がゆれた。まろうどは私を岩場の陰に隠れさせ、刀を抜いた。

「言っておきたかったことがあるの」

私はまろうどに言った。

「子供を授かったかもしれない。あなたの子よ」

私たちの後ろにいたのは、熊ではなかった。それは人の姿をした巨大なものだった。あまりの大きさに、山そのものが動いているようだった。

父の言うとおり、そいつは鬼としか言いようがなかった。熊のような動物とは異なり、人間とおなじ立ち姿、歩き方だった。そいつはまろうどに向かって腕をふるった。彼がよけると、その拳《こぶし》は地面を揺らして山の一部にひび割れをつくった。まろうどがその腕に斬りつけた。しかし刃が食い込む様子はなく、はじき返された。恐怖のため体が動かなかった。強くなってきた雨が岩場を叩《たた》いていた。

鬼は髪をふり乱してまろうどをつかまえようとした。そいつの顔はあきらかに人間のものだったが、表情がとぼしかった。首は馬のように太く、全身が油をぬったみたいにてらてらと輝いていた。

鬼は、雨で滑って逃げ遅れたまろうどの右足をつかんだ。彼を持ち上げると、足にかぶりつき、顎《あご》を動かして食べ始めた。まろうどが鬼の顔を斬りつけると、岩のような唇が切れて割れたが、気にする様子はなかった。鬼が片足を食いちぎってしまうと、まろうどは地面に落ちた。

「逃げろ！」

彼がさけんだ直後、腰から下が鬼の右足によって踏みつぶされた。彼は血を吐きながら、最後の力で鬼の踵《かかと》に刀を刺した。今度はなんとか刃が食い込んだ。鬼は何度も足を振って払い落とそうとしたが、彼はくっついていた。地面になすりつけられ、胸も頭も平たくなり、元の形がなくなっても、彼の体は鬼の右足にへばりついていた。

鬼に痛がっている様子はなかったが、まろうどの刀は踵に食い込んだままぽきりとおれていた。どうやら刃の先端は、鬼の足のなかにのこったらしい。

私は岩場の陰から出た。鬼が伸び放題の髪の間から真っ黒な瞳《ひとみ》で私を見つめた。洞穴のような瞳だった。私は崖から飛びおりた。急流に落下し、流れにもまれた。川の水が鼻や喉《のど》から入りこんだ。お願いです。私はどうなってもかまいません。そのかわりこの子を。私の体や心はどうなってもかまいません。私はそのように願いながら、あぶくの中へ沈んでいった。

あぶくがはじけて消えていくと、さいごには暗くなった。

五

少女が家を出てみると、村の中心に炎がともっていた。村の者たちが薪《まき》を持ちよって火をたいているのだ。そこから山に向かって明かりが点々と連なっていた。男たちがたいまつを持って歩いている。山に火を放ち、子供殺しの熊ごと焼き払おうとしているのだ。

「じいちゃん、はじまるよ」

少女は土間から声をかけた。祖父と母と弟は、家の奥で震えていた。

「畏《おそ》れ多い……」

祖父はしわだらけの手で顔をおおった。

「熊だか鬼だか知らないけど、うまくいけばきっと焼け死ぬよ。それよりも、近くで見てきていい？」

「姉ちゃん、行っちゃやだよ。ぼくは怖いよ。山をぜんぶ焼くだなんてひどいよ。鳥も虫もぜんぶ死んじゃうよ」

弟が母の胸にしがみついて泣いていた。少女はため息をついた。鳥も虫も放っておけばいいのに、こいつはそれができないらしい。いじめっ子がみんな死んでこれからは楽しい日々になるだろうに、いつまでめそめそしているつもりなのか。

わーん、と泣く弟の頭をさすりながら、母は怯《おび》えた顔で体を前後にゆらしていた。村の空気が緊張していることはわかるのだろう。自分たちが生まれる前、母は足を滑らせて川に転落したという。水中に沈んでいるところを村の者に発見されたのだ。幸いに息を吹き返したが、それ以来、言葉は話せず、花や蝶《ちょう》と同じような存在になった。母は少女と弟を同時に身ごもっていたが、父親についてはわからないまま産み落とした。

「大丈夫よお母、何もかもすぐに終わるから」

少女は母に話しかけた。母は、あなただれ、こっちへいらっしゃい、という顔をした。少女は母のことが好きだった。だけど今は、好奇心のほうが勝った。

ぱちぱちと木のはぜる音が遠くから聞こえてきた。三人を残して少女は再び外に出た。すでに火が放たれて、山裾《やますそ》の雑木林が燃え上がっていた。炎が広がり山を駆け上っていく様子は遠くからでもよく見えた。もっと近くで眺めたかった。どんなにすごい光景だろう。家を振り返り、祖父や弟が奥に引っ込んでいるのを確認して、少女は走り出した。

あつまっていた村人たちの顔を巨大なかがり火が赤々と照らしていた。燃え始めた山を見上げて、興奮している者もいれば、不安そうにしている者もいた。まるでお祭りのようだな、と少女は楽しかった。山の木が焼けて倒れる音が空気を震わせた。舞い上がる火の粉がうずになって空へすいこまれていく様は壮観だった。大人がかがり火に木の棒を突っ込んでたいまつをつくっていた。それを渡された別の者が、また一人、山へ火を放ちに向かった。熊を炎でとりかこむため、いくつかの場所に火をつける考えらしい。このすさまじい火事では、熊だろうが鬼だろうが、ひとたまりもないだろうなと少女は思った。

麓でいっそう派手に火の粉が舞い上がった。巨木が焼けて倒れたのかもしれない。少女はかがり火のそばを離れて、もっとよく見える場所へ移動した。山の方から熱風が吹いてきて、距離があるのに熱が届いた。

火事の騒々しさにまじって異様な声が聞こえてきた。人の悲鳴のようだったが、遠すぎるのと、炎の音とでよくわからなかった。きっと風の吹き抜ける音だったのだろう。

だれかが山の方から走ってきた。火を放ちに向かった大人の一人らしい。たいまつをもっていなかったが、山火事で明るかったのでなんとか見えた。彼は何度も転びながら、村のほうに走ってくる。何ごとかあったのだろうか。少女は駆けて近づいた。

「どうしたの？　大丈夫？」

村はずれで男の前にたどり着いたとき、その様子が尋常でないことに気づいた。男は倒れて荒い呼吸を繰り返していた。少女が近づいても顔をあげなかった。

「ねえ、何があったの？　熊は死んだ？」

火の勢いが強すぎて、火傷《やけど》してしまったのかもしれない。

「……熊じゃなかった」

歯を鳴らしながら男は顔をあげた。目を大きく広げて、あらぬ方を見ていた。よく見ると男の足下が濡《ぬ》れていた。少女は血のにおいを嗅《か》いだ。男の片腕が見あたらなかった。着物の裾《すそ》から何か得体のしれないものがぶらさがっていた。そいつはどうやら臓物のようだった。男の口から大量の血があふれると、地面に突っ伏して動かなくなった。

何かよくないことが、これから起こるぞ。少女は男の死体をその場に残してかがり火のもとへ戻った。みんなと山を見ていた長《おさ》に男の死を告げた。最初のうち信じてもらえなかったが、村はずれにある死体の場所へ案内すると、長は血相を変えた。死んだ男の妻が死体のそばで泣き伏した。何が起こったのだろうか。少女は、男が走ってくる直前、いっそう派手な火の粉が吹き上がり、悲鳴らしき声が聞こえたことを思いだした。男の言い残した言葉を長にも伝えたが、だれもその真意についてはわからないようだった。背中を汗が流れた。なぜかわからないが、不安な気持ちになった。

「だれかが来る」

長が山の方を見て呟《つぶや》いた。山の麓《ふもと》に人影が見えた。背が高く、がっしりした体つきの人間だった。燃える山のおかげで人影の輪郭ははっきりとしていた。村人のだれかでないことは確かだった。あのように背の高い人間は村にいなかったからだ。かといってどうやら熊などではないようだった。肌があわだつのを感じた。他の者もそうらしく、みんなが黙り込んだ。それがいったいなんなのか詳しくはわからないが、絶対に近づいてはならない恐ろしいものにちがいなかった。正体を確認するまでもなく、そいつが危ないものだというのがわかった。熊じゃなかった、というさきほどの男の言葉が頭の中で繰り返された。炎を背負って人影は近づいてくる。その姿はまるで、祖父の語る鬼そのものだった。村人が、一人、また一人と逃げ出した。長もいなくなり、その場には少女と、夫の死体にすがりつく女だけが残った。

「逃げなよ、あんたの旦那《だんな》、もう死んでるよ」

肩をゆさぶったが、女はその場から動こうとしなかった。

人影はゆっくりとした歩みだったが、確実に村を目指していた。すでに顔がわかるくらいの距離まで近づいていた。荒々しく伸びた黒い髪の毛や、炎の照りかえしをうけてかがやく肌が見えた。馬や牛のような体つきである。炎をくぐり抜けて出てきたらしく、全身から煙を出していた。足が踏みだされるたびに、ズシン、と地面が震える。

あれは、鬼だ。

少女は女を置いてその場から遠ざかった。家に戻らず、村はずれの廃屋に隠れた。

ほどなくして女の悲鳴が聞こえた。廃屋は高い場所にあったので、戸から顔を出して、村を一望することができた。夫のそばで泣いていた女は、片足を鬼につかまれ逆さに吊《つ》り下げられていたが、生きたまま左右に引っ張られた。悲鳴はすぐに止んで、山の燃えるぱちぱちという音だけになった。鬼は女の体を投げ捨てて、近くの家を叩《たた》き壊した。土煙を出して家が破片になると、中で震えていた夫婦と子供が鬼に見つかった。鬼は子供をつまんでぽいと口に入れると、嚙《か》みくだいてのみこんだ。鬼は夫婦の頭を指先で、一回ずつはじいた。それぞれの頭が、ぱん、ぱん、と破裂した。鬼は次の家を叩き壊した。中にいた老夫婦を、鬼はつまんでねじって周囲にばらまいた。それから長の家を壊すと、逃げまどう長の着物をつまんで、ぶんぶんとふりまわした。しばらくそうして遊んだあと、そばにあった岩で長の体をすりつぶした。

村から次々と悲鳴があがった。少女のいる廃屋に鬼の近づいてくる気配はなかったので、このまま隠れていれば助かるだろうと考えた。鬼は見境なく人を殺した。女も子供も関係なかった。いつだったか少女にお菓子をくれた村人も、足の裏で地面のしみにされた。少女と遊んでくれたやさしいおばあさんも、鬼の平手打ちで、ぱんとはじけとんだ。きっとあいつはそういう生き物なのだろう。理由などない。疫病みたいに、命を奪うだけなのだ。鬼が村人の半分ほどを殺したとき、まだ燃え続けているかがり火のそばに小さな人影が立った。鬼は、もぎたての頭を口に入れて飲み込みながら、その小さな少年をふりかえった。少女は目を疑い、廃屋を出て駆けだした。かがり火のそばに立っていたのは弟だった。

弟は鬼を見上げて泣いていた。鬼が巨大な握り拳《こぶし》でその体をつぶそうとする直前、少女は地面を蹴《け》って弟に体当たりした。少女と弟が転がったすぐ後、重い拳が地面にめりこんでぐらぐらと揺れた。少女は弟を立たせると腕を引っ張って走った。

「なんでおまえ、ここにいるんだ！」

少女は叫んだが、弟は嗚咽《おえつ》を繰り返すだけだった。少女は舌打ちした。きっと自分が戻ってこないので、心配に思って捜しにきたのだろう。

背後の地面が震動した。振り返っても、鬼の姿はなかった。

「上！」

弟が叫んだ直後、周囲が暗くなった。少女は弟の腕をつかんで前のめりに転がった。上から鬼の巨体が降ってきて、周囲の家を半壊させながら着地した。少女は立ち上がり、自分と弟が生きているのを確認した。土煙が晴れると、自分たちのすぐ背後に巨大な影があった。鬼が粉々になった家の破片を肩や頭に載せたまま見下ろしていた。

感情のない、真っ黒な瞳《ひとみ》が自分たちに向けられていた。鬼は家の破片をざらざらと落としながら少女に向かって腕を払った。まともに受けたら体の原形がなくなっていたに違いない。後ろに転がってなんとかよけると、弟の手を引っ張って走り出した。鬼は家屋を崩しながら少女たちを追ってきた。

「怒らせちまったのかな」

「どうして、こんなことに、なったの……?」

弟が鳴咽しながら聞いた。ばちがあたったのさ。少女は胸の中で答えた。死んだ人の持ち物を売りさばいて、そのお酒で楽しんだから、ばちがあたって呪われているのさ。子供から孫からそれに続く血筋まで永遠に私たちは殺され続けるんだ。

広い場所に出ると、自分の家とは反対方向へ走った。家のほうに行けば祖父や母の身が危険だった。弟もなんとか転ばずについてきた。よく観察すると、鬼は右足をかばうような走り方をしていた。どうやら、右足首のあたりを怪我しているらしい。

「鬼も怪我をするんだな」

おかげで子供の足でも鬼につかまらないで走ることができた。少女は、幸運に感謝した。

鬼は田んぼを突き進んで追ってきた。少女と弟は、村はずれの斜面の上で立ち止まった。山火事に照らされながら、沢を埋め尽くす桜の木が花を咲かせていた。今年の花びらは赤味をおびて奇妙な色だった。風でいっせいに桜がゆれると、沢全部が生きてうごめいているように見えた。地面全体が波うって、どこかへ誘《いざな》っているようだった。

「おぼえてる？　じいじが言ったこと」

弟が沢を見下ろして言った。

「うん。あいつは、桜の奥から迷い出てきたんだ。その年の桜も赤かったって」

背後で、夜の張り裂けるような轟音《ごうおん》があがった。鬼が巨大な口をあけて、天にむかって声を発していた。太い喉《のど》を震わせながら出てくる声は、耳がおかしくなるほどの大きさで、空が震えるみたいだった。いつも山から聞こえていたものと同じ声だ。

「お前は村に戻れ」

しかし弟は、いつものようにめそめそしながらも、首を横に振って従わなかった。鬼が間近に迫っているので、言い合っている余裕はなかった。少女は仕方なく弟を連れて斜面を下りた。

沢の中は、桜が遠くまで無数に連なっていた。どれだけ行っても花びらを咲かせた木々が終わることはなかった。

「やけに明るいね」

走りながら、弟は花を見上げて言った。

「山火事に照らされてるんだろ」

「でも、花びらがぼんやり光ってるみたいだよ」

言われてみれば、夜なのに花は鮮やかだった。赤い点々がくっきりとした色で自分たちの頭上を覆っていた。魂を吸いとられそうな美しさだった。走っていた足が止まり、つい見とれてしまうほどだ。後ろから枝の折られる音が聞こえて我に返った。鬼は枝や幹を破壊しながら追いかけてきた。

沢を奥へと向かった。桜はどこまでも続いていた。奥へ進むうちに周囲の様子がおかしくなってきた。聞こえていた山火事の音がなくなり、耳がきんとなるような静けさとなった。花びらの向こう側にあった夜空が消えて、雲や星や月がなくなった。真っ黒な闇の底を自分たちは走っていた。いつのまにか赤い花びらがじっとりと湿気を含んでいた。着物に落ちてきた花びらを払い落とすと、その跡が赤い染みになった。花びらの一枚一枚に、血が染みこんでいるみたいだった。足を踏み出すたびに、じゅっと地面からも赤い血がにじみでた。なまあたたかい風が、まるで生き物みたいに、ねっとりと体にまとわりついた。走っている途中、何かが足首をつかんだり、肩を叩いたりした。立ち止まって周囲を見ても何もおらず、鬼の足音に追いつかれてはいけないので長くはとどまっていられなかった。桜の幹が奇妙にねじれ、人間の形に見えるものが何本もあった。鬼の故郷に近づいているのだ、と少女は走りながら考えた。このまま奥へ行けば、きっと鬼の元いた場所にたどり着くに違いない。

頭上から血が滴ってきて肩をよごした。桜の花びらの代わりに、血の雫《しずく》が枝の先で開いてぽたぽたと流れていた。地面にできた血溜《ちだま》りで、少女は足を滑らせた。転んだ先に、槍《やり》のように突き出ていた石があり、足をくじいた。すぐに起き上がって走ろうとしたが、痛みで足が動かなかった。

「くそっ！」

鬼の足音が後ろから近づいていた。一歩を踏み出す震動で木が震え、血の雫がふってきた。少女は這《は》い進んで木の陰に隠れた。弟が心配そうにそばでかがんだ。しばらくすれば鬼はここにやってくるだろう。少女と弟を見つけて、村人たちと同じようにひねって殺すに違いない。少女は悔しかった。歯が噛み合わなくなるほどの恐怖もあった。しかし泣くのをこらえるのは得意だった。これまでずっと涙を流さないように練習をつんできた。自分が泣くと弟が不安に思う。だから村でいじめられても絶対に泣かなかった。

「私たち、変なところに迷いこんだみたいだ」

少女は大丈夫なふりをして弟に言った。

「あれを見て……」

弟は涙を拭《ぬぐ》いながら近くの空中を指さした。そこに青色の美しい蝶《ちょう》が飛んでいた。

「いつも川のそばで飛んでいるちょうちょだよ。ここで引き返せば、きっとまだ村に戻れるはずだ」

「そうだ、おまえだけでも帰れ！　遠回りすれば鬼も気づかないはずだ！」

弟を連れてきてしまったことが気がかりだった。やっぱりどこかでおいてくればよかった。

「帰れ！　すぐにあいつがくるぞ！　姉ちゃんがあいつをひきつけておく！」

弟は立ち上がった。いつものようにめそめそした顔だったが、少女に向かって、首を横に振った。

「ぼくはみんなが大好きだったよ。姉ちゃんもじいじもお母も好きだったよ」

少女のほうを少し見てから、弟は木の陰を出た。弟は鬼のいる方に向かって、おーい、と声をはりあげた。少女は弟をひきとめようとしたが、足を引きずることしかできなかった。すぐそばまで来ていた鬼が、弟の姿を発見して追いかけ始めた。弟は少女からも村からも離れる方向に走り出した。桜の沢を、奥へ奥へと遠ざかっていった。少女は鬼を呼び止めた。しかし鬼は目の前の子供に夢中で、少女の叫びなど気づかないようだった。ふたつの背中が桜の木の間を遠ざかり、暗闇の中に薄くなって、ついには消えてしまった。

来年や再来年《さらいねん》も桜は咲きみだれるだろう。
風がふくと生き物のようにうねり、うごめくだろう。
笛の音もせず、酒を飲む者もおらず、沢は毎年しんみりとしているだろう。
毎年、桜が咲いたら、沢に入って、弟のことを探そう。
この世のものとは思えない桜の天井の下で、帰ってこなかった弟の名前を呼ぼう。
でも怖くなって途中で引き返したりもするだろう。
弟の消えた方をふりかえって少女は思った。
もしも私の声が聞こえたら、声のする方へ帰っておいで。
この世のものとは思えない、桜の天井の下で、私はおまえの名前を呼ぶからね。
少女は泣きながら村の方に歩いた。

了

鳥とファフロッキーズ現象について

一

最初に遠くからそれを見たとき、こわれたこうもり傘が風に飛ばされて屋根にひっかかっているのだろうかとおもった。そいつはぴくりともうごかなかったし、全身が黒色で、どこが頭で、どこが足なのかさえわからなかった。どうやら巨大な鳥らしいと推測できたのは、抜け落ちた羽根が大量にちらばって、枯れ葉とともに風に舞い上げられていたせいだ。

書斎で仕事をしていた父にそのことを報告した。母は私が小学生のときに亡くなっている。父は、人見知りの私が唯一、まともに話のできる異性だった。

「屋根にひっかかってるんだけど。なんか、鴉《からす》みたいなのが」

父は書きかけの小説を中断して屋根裏部屋にあがった。そこは普段、物置がわりにつかっていた部屋で、父が大昔に愛用していたというワープロや、母との思い出の品々が埃《ほこり》をかぶってならんでいた。父は窓から屋根に出て、戻ってきたときは、腕のなかにぐったりとした黒い鳥を抱えていた。だらんとたれさがった翼は、床にひきずられるくらい長かった。

「なにかに襲われたのかもしれない」

鳥の体には、いたるところに爪痕《つめあと》らしい傷があり、血が黒い羽根の間にしみこんでいた。息絶えてはおらず、体はあたたかかったが、目を開ける様子はなかった。後にこの日のことを私は何度もおもい出すようになるが、あの鳥がなぜ怪我をしていたのか、なにに襲われたのか、どこからやってきたのかについては最後までわからずじまいだった。

車の後部座席に横たえて、動物病院に運び、そこで鳥は命をすくわれた。翼の骨が折れており、飛べるようになるまでは時間がかかるだろうとのことだった。医師はそいつの治療をしながら、しきりに首をひねっていた。鳥類図鑑をひろげて、顔つきや翼の形や足のかぎ爪をてらしあわせても、そいつがなんという鳥なのかを特定できないらしかった。全身が真っ黒な羽根におおわれているため、鴉に似ているのだが、嘴《くちばし》の形状や目つきは鷹《たか》に似ていた。

その晩、包帯でぐるぐる巻きにされた鳥は、動物病院からゆずりうけた銀色の檻《おり》にいれて寝かせることにした。鳥が回復して飛べるようになるまで面倒をみるつもりだった。

「死なすには惜しい」

父はそう言った。

夜になると私の家の周囲は一切の音がしなくなる。いちばん近くの民家までは三キロもあった。たまに聞こえてくる音といったら、風で木の枝のしなる音か、梟《ふくろう》がかんがえごとをしている声くらいだ。

ある晩、深夜に階下から聞こえてきた物音で、私は眠りから覚めた。カチン、カチン、という硬いものがぶつかるような音だった。ベッドを抜けだし、スリッパにつま先をいれて階段を下りた。音はリビングから聞こえてくる。ちょっと覗《のぞ》いてみると、リビングに置いた檻の中で、包帯を巻かれた鳥が身を起こし、嘴で檻の入り口の留め金をねらってつついている。私にはそれが、留め金の構造と存在意義を認識した上での行動に見えた。

私に気づくと、鳥はうごくのをやめて、じっと見つめ返してきた。瞳《ひとみ》は澄んだ青色で、宝石が浮かんでいるみたいだった。檻に近づこうとすると、鳥は私のうごきを目で追いかけた。私が何者なのかを問いかけているような顔つきだった。

「怪我はだいじょうぶ？」

私はおそるおそる話しかけた。鳥はわずかに首をかしげただけで、鳴き声をたてず、私が立ちさるまでじっとしていた。

私と父はそいつに名前をつけなかった。感情移入してしまい、別れがたくなるのをふせぐためだ。三年間も一緒に暮らすのだとはじめにわかっていたら、なにかしら名前をつけていたにちがいない。私たちはそいつのことを「鳥」とか「あいつ」と呼んだ。

父は一日に一回、彼の暮らす檻の中に、飲み水の入った皿と餌を入れた。数日おきに病院へ連れて行き包帯もとりかえた。鳥は檻から出されても暴れようとはしなかった。嘴でだれかの手をつつくこともなければ、足のかぎ爪でひっかくこともなかった。そいつの身長は私たちの腰ぐらいまであり、翼をひろげると二メートルちかくあったので、あばれはじめたら室内は大変なことになっていただろう。

檻から出しても逃げようとしないので、いつからか私たちは放し飼いで世話するようになった。彼は二本の足で立ち、まだ傷の完治していない翼はおりたたんだままペンギンのように歩いた。そいつが歩くと、足の爪が床板の上でカチャカチャとなった。

一カ月が過ぎて翼の骨がくっついたころ、庭に出して様子を見た。鳥は太陽の光を気持ちよさそうにあびながらゆっくりと翼をひろげた。まるで準備運動でもするみたいにうごかすと、風が生じて落ち葉が地面から浮きあがった。私と父は、そのまま飛んでいってしまうんじゃないかとおもいながら見つめていた。しかし鳥はひとしきり翼をうごかしおえると、私たちを振り返り、さっさと家に入っていった。

私がソファに寝そべってリビングでテレビを見ているときのことだ。チャンネルを変えたいけど、三メートルもはなれた床の上にリモコンは放置してあった。ソファから立ちあがって取りに行くべきかどうかをなやんでいると、廊下のほうからカチャカチャと足音が聞こえてきた。リビングに入ってくると、鳥はまっすぐに、テレビのリモコンに近づいていき、嘴で器用にくわえた。ソファまでやってきて、リモコンをくわえたままの嘴をつきだす。

「……ありがとう」

リモコンをうけとると、役目はすんだとでも言うように、鳥はカチャカチャとリビングから出ていった。

たとえばキッチンで目玉焼きをつくっているときは、胡椒《こしょう》の瓶を嘴にくわえて運んできてくれた。父がお風呂《ふろ》に入って、着がえ用のパンツを忘れたときなど、そいつはわざわざ父の部屋からパンツをくわえてもってきてくれた。

「野性の本能がそうさせているのかもしれない。親鳥が雛《ひな》に餌をはこぶのと、どことなく似てるから」

父は鳥の行動についてそのような感想をもらした。私は信じがたい気持ちだった。

「でも、だって私、リモコンが欲しいだなんて、口にしてないのに」

「テレパシーみたいな能力が備わっているのかもね。私たちがなにかを欲したとき、特別な脳波が発信されて、それを受信しているのかも」

私たちが頭におもいうかべたものを、その鳥は、運んできてくれたのだ。まるでコウノトリが赤ん坊を運んでくるみたいに。

父は鳥のことを息子のように愛し、鳥のほうも父の腕のなかに自らもぐりこんでいくほどしたっていた。怪我がなおり、空を飛べるようになっても、そいつは我が家に居ついた。窓から外に出ても、かならず夜には戻ってきて、いつも屋根裏部屋で眠っていた。父は屋根裏部屋の窓を改造し、鳥が頭で押すだけでかんたんに開くような造りにした。

父が書斎の椅子にすわって仕事をしているとき、鳥は椅子の足下にやってきて、父の顔をじっと見上げていた。まるでそこが定位置だとでもいうように。

二

鳥が我が家に住み着いてから三年が経過し、私が高校二年生になったときだった。その日、私は冬休みを利用して、一人で祖母の家に出かける計画をたてていたのだが、出発直前になって、観葉植物の鉢の置き場所に頭をなやまされた。すこしまえから自分の部屋で小さな観葉植物をそだてていた。留守の間も、できるだけ日当たりのいい場所に置いておきたかった。だから鉢を勉強机の上に置こうとかんがえた。たとえ部屋をしめきっていても、そこだけは、カーテンの隙間からほそく日がさしこんでいたからだ。しかしいざ鉢を置こうとしたら、机にならべておいたガラス製の写真立てに手が当たってしまい、床に落として割ってしまった。中に入れていたのは、まだ母が生きていたころに家族三人で撮影した写真で、縁起が悪いなとおもった。

父が車で駅におくってくれた。鳥も後部座席に乗って私を見つめていた。たった一週間、祖母の家に泊まるだけだった。

電車に揺られて祖母の家に到着した私は、荷物をほどいた後、部屋でくつろいだ。いれてくれたお茶を飲みながら、祖母と話をした。

「まだあの鳥を飼ってるの？」

私の家に何度か遊びにきていたので、祖母はあの鳥に会っていた。

「あの鳥、私がメガネをさがしてると、もってきてくれたのよ」と、祖母はわらった。

警察から電話がかかってきたのは、翌日の昼前だった。

発見者は新聞を配達しにきた男性だった。玄関の扉が開きっぱなしになっており、置物が倒れているのが見えたので、不審におもって警察に連絡したのだという。

祖母とともに町へもどり、病院で父と再会した。呼びかけても父は目をあけなかった。父の体には、胸のあたりに小さな穴があいていた。銃弾による穴だった。

私は病院のベンチで祖母とだきあって泣いた。いつか別れがやってくることは理解していた。でも、それはまだずっと先のことだとおもっていた。

私と祖母は警察の車で自宅へ連れて行かれることになり、これまでに判明しているいくつかのことを車内で聞かされた。

昨晩、家に侵入した人物は、どうやら金品を物色中に父から発見され、書斎でもみあいになったらしい。運の悪いことに、その人物は拳銃《けんじゅう》を所持していた。父の胸と、そしてリビングの壁にも銃弾の穴があいた。あたりには鳥の羽根がちらかっていたという。犯人は鳥に向かって発砲したのだろうと警察は推測していたが、鳥の死体は見つかっていない。

自宅周辺には警察の車が数台とまっていて実況見分がなされていた。父はそれなりに名のとおった小説家だったせいか報道車両も見られた。家のある山裾《やますそ》の森は凍えるほどに寒かった。風が吹くと木の枝がゆれて、みし、みし、と軋《きし》んだ。あつまっていた人々は白い息をはきながら、私と父の住んでいた家を見つめていた。私と祖母が車をおりて家の前に立ったとき、取材用のカメラが向けられ、フラッシュが何度か瞬いた。私が空を見上げると、他のみんなもつられて上を向いた。冬空には灰色の雲がひろがっていた。黒い鳥が巨大な翼をひろげ、ゆっくりと家の上空を旋回していた。鴉《からす》のようだが、その顔や翼は鷹《たか》ににていた。そいつは決して屋根におりなかった。まるでなにかを探してぐるぐると彷徨《さまよ》っているようだった。私にはわかった。あの鳥は父を探しているのだ。体から抜け落ちて、消えてしまった、父の魂を。

親戚《しんせき》や祖母が葬儀の準備をしてくれた。みんなが私のことをあわれみ、心配した。遺産相続の話がちらりと出たが、まだそういったことを話すような心理状態ではなかった。

警察は強盗の足取りをしらべていたが、逮捕にはいたらなかった。私の家からはいくつかの貴重なものが消えていた。母の所持していたアクセサリーや、父のもっていた腕時計といった類《たぐい》のものだ。私の部屋にも侵入した形跡があった。

しばらくは祖母の家に住まわせてもらったが、鳥のことが心配だったので一人で自宅へ戻ることにした。祖母たちの手配で、父のたおれていた書斎は綺麗《きれい》に掃除されていた。報道車両もすっかりいなくなっており、夜になると広い家の中は静寂が支配した。

自宅での生活が再開すると、時折、屋根の上から翼の音が聞こえてきた。しかしあの日以来、鳥はほとんど私の前に姿をあらわさなくなっていた。外を歩いていて、黒い影が空を横切ったのを見ることはあったが、私のもとにおりてくることもなければ、カチャカチャと爪音をさせてペンギン歩きで登場することもなかった。もしかしたら、銃で狙われたことが、よっぽどショックだったのかもしれない。

山裾の一軒家は、一人で住むには大きすぎた。話し声の消えた室内で、私はだれともしゃべらずに何日もすごした。精神状態は日に日に悪くなっていった。父ののこした貯金があったので、水道や電気は供給されていたが、どうにも食欲がわかず、ソファからいちども立ちあがらないまま一日が過ぎていくこともあった。おかげで部屋に置いていた観葉植物も枯れてしまった。土や茎を外に捨てると、空っぽの鉢を屋根裏部屋に置いた。祖母が心配してたまに電話をかけてきた。高校の友人たちや先生、さらに父とつきあいのあった出版社の方も連絡してきた。

鏡を見ると、いつのまにか頬がこけていた。なにかを口にいれなくては生命にさしさわりがでてしまうと判断し、冷蔵庫の中を探してみた。ほとんどの食料が賞味期限切れだった。こまったなとおもっていると、ガタン、ゴトン、という音が屋根から聞こえてきた。

キッチンの窓の外をなにかが横切って地面に落下した。窓に近づいてよく見ると、桃の缶詰が地面に転がっていた。

上空を見上げる。黒い翼はもうどこにもなかった。桃の缶詰は、落ちた衝撃ですこしへこんでいた。

その後も彼は、姿を見せなかったが、私が欲しているものを敏感に察知して物を落としてくれた。それはテレビのリモコンを持ってきてくれたり、祖母に眼鏡を運んだりするのと、おなじ行動だったのだろう。親鳥が雛《ひな》に餌を運ぶみたいに。

森の中を散歩していて、なにか口寂しいなとおもったとき、路上にこつんとキャンディが転がった。うすいビニールにつつまれたそのあめ玉は、父と私がよく食べていた商品だった。町中へ買い物に出かけて、帰りのバス停でならんでいるときだ。財布の中を確認すると、バスの代金がないことに気づいた。どうしよう、と困っていたら、チャリン、という音がした。靴のつま先のすぐそばに数枚の貨幣が転がっていた。すぐに空を見上げても、翼をひろげて滑空する彼の姿は見あたらなかった。

キャンディにしろ、貨幣にしろ、いったいどこから持ってきたのかわからない。たとえばどこかの店で、レジの人がちょっと目をはなした隙に、空から舞い下りて、嘴《くちばし》でつまんできたのかもしれない。これは窃盗行為に当たるはずだったが、あの鳥には善悪の判断などないのだろう。また、泥棒する鳥についての噂がどこからも出てこなかったので、彼は、だれにも目撃されないよう、ずいぶんうまく盗みをはたらいていたに違いない。コンビニでカップのアイスクリームを買って、公園のベンチで食べようとしたら、店員がスプーンを袋に入れ忘れていた。上空から銀色のスプーンが落下してきて、私から五十センチもはなれていない場所に音をたてて転がった。もうその現象になれていたので、なにごともなくひろって、そばの水道で洗った。スプーンでカップアイスを食べていると、一部始終を見ていた五歳くらいの女の子が、口をぽかんとあけて、私と空を交互に見ていた。

二月に入ると、父の兄が私の家をおとずれた。つまり私の伯父《おじ》である。彼は会社の経営者で、海外の家具を輸入して売っていた。私は昔からこの人が好きではなかった。なぜかというと、話は十年も前にさかのぼる。当時、私は七歳だったのだが、伯父はいやがる私に無理矢理キスをしたのだ。愛情ゆえの行動ではなかったとおもう。周囲に人がいないことを彼は確認していたし、そういう視線を以前から感じていたからだ。私は怖くて両親にも相談できなかった。やがて時間がたち、そのような出来事など私は忘れてしまったと、伯父はおもっていることだろう。しかし今でも伯父の顔を見ると身震いするような嫌悪感がある。私は男の人と対峙《たいじ》すると、そこはかとない恐ろしさを感じた。このような異性への感情は、伯父のせいで植えつけられたにちがいない。

伯父はリビングのテーブルで私のいれたコーヒーをすすった。彼の左手の中指には、趣味のわるい指輪がはまっていた。コーヒーカップを撫《な》でまわしながら、私を見つめて、一人きりでどんな生活をしているのかね、と質問した。私は、うまくしゃべれないどころか、緊張して椅子の上でちぢこまっていた。しかし伯父は私のそんな様子に気づかず一人で話し続けた。父以外の男の人といるとき、たいてい私はそんな調子だったから、彼の目にはいつも通りの様子だとうつっていただろう。

伯父の来訪の目的は、父の遺産管理についてだった。私には詳細がよくわからない。父は税理士にほとんどの管理をまかせていた。私はその税理士に一度だけ告別式で会ったはずだが顔を覚えていなかった。伯父は先日、その税理士事務所を訪ねて、遺産の運用について相談したという。しかし、そうするためには法律上、私の許可が必要になるとのことだ。

家を出て、車に乗り込むとき、「わるいようにはしないから、お金のことは我々にまかせておきなさい」と伯父は言った。私は頷《うなず》きながら、心の中でひどいことをおもっていた。死んだのが、父ではなく、伯父さんのほうだったらよかったのに。しかしそれも一瞬のことで、ひどいことをかんがえている自分に気づくと、なさけなくなった。伯父の車が走り去ると、父の部屋の掃除をして、紅茶をいれ、気分をおちつかせた。父が強盗に殺されて以来、犯人をにくみつづけていたせいで、いつの間にか心がすさんでいた。

深夜、私がベッドで眠っていると、リビングの電話が鳴り出した。目をこすりながら受話器をとると、警察からだった。伯父さんが自宅にもどってきておらず、家族が心配しているという連絡だった。

受話器を置いても、ふたたび眠りにつくことができなかった。月の明るい夜だった。ベッドの中でかんがえごとをしながら、カーテンの隙間から入ってくる月の光を見つめていた。寒かったので、オイルヒーターの設定を高めにした。

夜明けの一時間ほど前に、出窓の外から、こつん、ころころ、という音が聞こえてきた。私は立ちあがり、カーテンを開けて、音の原因をしらべてみた。目をこらすと、一階からはりだしている屋根の端になにか小さな棒状のものがひっかかっていた。月明かりを受けて、見覚えのある指輪がかがやいたとき、ようやくそれが伯父の中指だと気づいた。黒い翼が月の上をよぎり、室内が一瞬、暗くなった。私は寝間着のまま走って階段を下りた。

庭に出て、鳥を呼んでも、もう手遅れであることはわかっていた。おそらく、なにもかも終わった後だった。私が心の中でそれを望んだのだ。鳥は、私が求めたものを、銀色のスプーンやキャンディとおなじように運んできたのだ。

家の周囲は森である。黒い影となって私と庭をかこんでいた。空を見上げると、はるか高い位置に、銀色にかがやく丸い月がのぼっていた。天の頂きから、まっすぐになにかが落ちてきた。それは直接に空から生み出されたようにも見えた。次第に大きくなり、私の足下に落下すると、べちゃりと、水気のふくんだ音をたてた。私の頬や服に、赤色の飛沫《しぶき》が飛んできた。空から降ってきたのは、にぎり拳《こぶし》ほどの大きさで、表面をてからせている心臓だった。

三

早朝に伯父の車は発見された。鍵《かぎ》のかかった状態で道端に放置されていたという。ボンネットにへこみがあり、そばに大きめの石がころがっていた。走行中に落石があり、車を停めて外に出たとき、伯父の身に何かが起きたらしい。警察の人はそう言っていた。

あの不思議な鳥のことをおもいだすたびに、偶然に本で知ったある現象のことが頭をよぎった。それはファフロッキーズ現象という名前で、事例が世界中から報告されていた。あの鳥がどこから来たのか、正体がなんだったのかについて、すこしでもなにかがわかるかもしれないとおもい、私は一時期、資料をあつめてみた。しかし、結局、鳥とファフロッキーズ現象との間に関連があるのかどうかはわからなかった。

ファフロッキーズ現象とは、空から異物が降ってくる現象のことである。たとえば一八〇二年には、ハンガリーで長さ五・五メートル程もある氷塊が落下。一八七七年、アメリカのノースカロライナの農園には、体長三十センチ程の小さなワニ達が降り注いだ。彼らは無傷で着地し、辺りを徘徊《はいかい》していたという。一八八一年、イギリスのウスターにて、重さ何トン分にも及ぶヤドカリとタマキビ貝が落下。一九一八年八月、イギリスにミイラ化したウナギが十分間も降り続き、一九五六年にはアメリカのアラバマ州チラチーで雲間からナマズやバスなどが生きたまま落下した。一九六八年八月二十七日、ブラジルのカカパヴァとサンホゼカンポスにまたがる一キロメートルのエリアで、五分間にわたって空から血と生肉が降り注いだ。一九八九年、オーストラリアのクイーンズランド州ローズウッドで、千匹に達するイワシが町に降り注いだという。一九九六年十一月にはタスマニアにて、激しい雷雨から一夜明けた朝、外一面が半透明なゼリー状の謎の物体によって覆われていたという。その物体はなにかの魚の卵か、クラゲの幼体であったといわれている。

あの鳥は伯父の体をどこかに持ち去り、それをついばんで運んできたのだ。私が伯父の命を欲したせいで、空から降らせ、また飛び去っていったのではないか。どのような方法で、成人男性の体を連れて行ったのかはわかっていないし、伯父のほかの部位がどこに放置されたのかも謎だ。私は屋根に引っかかっていたものと、庭先に転がっていたものを回収し、地面に穴をほって埋めた。

警察や親戚《しんせき》が電話をかけてきて、伯父の行方についての話をした。私は、鳥の運んできたものについて何度も言おうとしたが、結局はできなかった。あの鳥が猟銃で撃ち殺されるのではないかと心配していた。私のおもいうかべた伯父《おじ》への殺意についても、追及されるのではないかというおそれがあった。

鳥のアンテナは、私の欲求を敏感に察知しており、あいかわらず庭に食料や生活用品を落としてくれた。私が気づかないうちにキッチンまでもってきてくれる場合もあった。テレビをぼんやりながめて、ふとふりかえると、いつのまにかテーブルの上にクッキーの箱が置かれていたり、読みたいとおもっていた雑誌がならんでいたりする。ベッドで眠っているときも、鳥はこっそりとやってきた。朝に目が覚めると、枕元に小さな野花がならべられていた。

担任の教師と電話で相談し、二月中旬から復学を検討していたのだが、それを取りやめにした。外出すら禁じて自宅へ閉じこもることに決めた。私はもう町に行くべきではないとおもった。私が高校の教室で、同級生のだれかに対し、一瞬でもにくしみを抱いたらどうなるだろう。また伯父のときのようになるかもしれない。私はできるかぎり人と会ってはならなかった。世間のためにも、自分のためにも、あの鳥のためにもだ。

鳥に養われて、家から出ない生活が二週間ほどつづいたときだった。玄関チャイムがなったので、私は扉をほそく開けて、外に立っているその人物を見た。二十代半ばくらいの男性だった。

「どうも。いらっしゃったんですね」

配達された新聞紙が新聞受けに入りきらず、玄関先にちらばっていた。それらを見おろして彼は言った。

「あの……、どちらさまでしょうか……」

彼は眼鏡をかけた、知的な風貌《ふうぼう》の人だった。見覚えのある顔だったが、おもいだせなかった。彼はポケットから名刺をとりだした。名前の上に税理士という肩書きが印刷されていた。

私たちはその場で立ち話をした。彼は父への哀悼を述べて、自分は遺産管理をまかされているのだと説明した。彼が父の告別式に来ていたのをぼんやりとおもいだした。もしかしたら、声をかけられて、なにかしらのあいさつをされたかもしれないが、あまりおぼえていなかった。目の前に男の人が立つと、私は自分のつま先を見ていたからだ。

「あの日、人と話せるような状態ではなくて……」

告別式の話題になると、私は彼に言った。

「だれだって、言葉なんて出なくなる。ところで、お聞きしたいことがあるんです」

彼の質問とは、伯父に関することだった。父が亡くなった後、彼は伯父から連絡をもらっていたのだという。今後の遺産管理についての相談だった。しかし伯父は伝言ものこさずに消えてしまい、彼はこまっているらしい。

「どこに行かれたのか、お心当たりはありませんか」

「いいえ、全然……」

「そうですか……。では、またあらためて、おうかがいします」

頭をさげて、彼は玄関先からはなれようとした。私はおもわず声をかけた。

「電話じゃだめでしょうか」

「どうしてです？」

私は、例の黒い鳥のことをかんがえていた。できるだけ人を遠ざけて暮らしたいとおもっていた。

「うちまで来ていただくのは、面倒でしょう？」

「いいえ、全然。面倒なんて、とんでもない。あなたにサインしてもらう書類が、たくさんありますしね」

彼は一昔前のくたびれた軽自動車に乗って帰っていった。

二度目に税理士が家を訪ねてくるまでの間に、私は家の中を掃除しておいた。今度は事前に電話がかかってきたのでおどろきはしなかった。前回の来訪から一週間後、家の前に軽自動車がとまり、彼が家にあがってきた。不安があった。もしも私が、彼に対してなんらかの敵意をいだいたら、伯父のときとおなじことが起こるかもしれない。彼をソファにすわらせてお茶を用意している間、私は耳をそばだてて、空から翼のはばたきが聞こえてこないかどうかを気にした。税理士は遺産に関する大量の資料をだして、ひとつずつ説明してくれた。ひとしきり事務的なことが行われた後、リビングにかざってある父の写真を見て彼は話した。

「あなたのお父さんと、何度か食事に行ったことがあるんです」

税理士は父から聞いたいろいろな話についておしえてくれた。父が彼に話したことは、大抵の場合、私との思い出だった。しかし中には、私ですら知らない、青臭い話もあった。お酒の席で、父はそれらのことを、税理士に語って聞かせたらしい。

私は彼の話を聞きながら、おかしくてわらいをこらえたり、いつの間にか涙ぐんだりしていた。何分前からそうなっていたのかわからないが、私は、彼を前にしても緊張しなくなっていた。椅子の上でちぢこまることなく、父と一緒にいるときみたいにおだやかな気持ちでいられるようになっていた。

私は自分で気づいていた。心の中に生じた、彼に対する感情を。自分がそうなるなんてことは、これまでになかった。男の人を前にしたとき、恐怖心はあっても、そういう気持ちを抱くことはなかった。一生、無理だとあきらめかけてさえいた。私には、父が、彼とひきあわせてくれたような気がしていた。

彼が帰ることになったとき、私は名残惜しい気持ちでいっぱいだった。玄関先で立ちどまり、彼は私を見て、すこしの間、沈黙した。お互いになにかを言いたいような、あるいはなにか言葉が発されるのを待っているような雰囲気だった。しかし彼は、なにも言わず、真面目な顔つきで眼鏡の位置を正してから、車のほうに向かった。

私はざんねんな気持ちになり、それが引き金になったのかもしれない。頭上で、翼のはばたく音がした。彼が軽自動車の扉を開けて、なかに乗り込もうとしたときだった。黒いものが車の屋根に着地した。そいつの足の爪が車体に食い込んで、ガッ、と音をたてた。税理士は、おどろいて、動きをとめた。鼻先に、鳥の顔があった。黒い羽根と嘴《くちばし》に、青く澄んだ瞳《ひとみ》である。首をわずかにかしげて、そいつは税理士を正面から見つめた。

「危ない！」

私はとっさに声をかけた。鳥が嘴をつきだすのと、彼が鞄《かばん》を盾がわりにしたのは、ほぼ同時だった。私は家を飛び出し、軽自動車に向かって走った。

「逃げてください！」

私は鳥に向かって腕をのばし、抱きかかえるようにしてつかまえた。鳥は私を傷つけまいとして、暴れるのをやめた。

「はやく行ってください！　この子は、ちょっと、気が立っているんです」

彼は車内にとびこんだ。そのまま車で立ちさるかどうかをまよっていたけれど、私の腕の中で鳥がしずかにしているのを見て彼はうなずいた。

「きみにはなついてるみたいだ、その鳥。そういえば、きみのお父さんが言っていた。怪我している鳥を助けたって……」

税理士は車のエンジンをかけてその場をはなれた。鳥はしばらくの間、私の腕の中にいた。ひさしぶりにそいつを間近で見て、においもかいだ。以前とどこも変わっていなかった。税理士が遠くに行ってしまい、もうそろそろいいかなとおもって解放すると、鳥は空にもどっていった。

鳥はただ、善意で行動しただけだった。私のおもいに反応してうごいただけなのだ。私は、彼が家に居続けることを心のどこかで望んでいた。あの鳥は、素直にその気持ちをくみとって、帰ろうとする彼にとびかかったのだろう。

四

屋根裏部屋から羽音が聞こえた。鳥が羽を休めるため、一時的にもどってきたらしい。私は決心する。階段を一歩のぼるたびに、木の板が軋《きし》んで、耳障りな音をたてた。底冷えのする寒さで、吐き出す息が白かった。あの鳥を愛しているのかとだれかに聞かれたら、迷わずに、はいと答えただろう。

二階から屋根裏部屋にあがりきると、電気をつけてもいないのに、おもいのほか明るかった。窓から月の明かりがさしこんでいたせいだ。鳥は檻《おり》のなかにいた。動物病院でもらってきた銀色の檻をいまだに寝床にしていた。しかし眠ってはおらず、夜中にやってきた私の顔を、じっと見つめていた。しっかりとにぎりしめなくては、手が震えて、ナイフを落としそうだった。檻の前で手招きすると、鳥は従順に自ら出てきて、私の足下に立った。その体はいつ見ても巨大で、頭は私の腰あたりまであった。

私は床に膝《ひざ》をついて、鳥の瞳を正面から覗《のぞ》きこんだ。光をすいこむ青色の目は、ふつうの鳥とはどこか異なっており、知性の存在を感じさせた。

「これは、やらなくちゃいけないこと。あなたが、人間社会になじむためには……」

鳥にむかって言い聞かせるというよりも、自分をふるいたたせるために言った。もう、だれも傷つけてはいけないのだ。ひとしきり背中や頭を撫《な》でて、ナイフのするどい先端を左の翼の根元におしあてた。鳥は暴れることなく、瞳を私にむけて、時折、まばたきをしていた。

ナイフの先端が羽根と皮膚をつきやぶり、筋肉を割いた。鳥はその瞬間、目を閉じて、頭《こうべ》をたれた。羽根の間に血がにじみ、やがて床にしたたりはじめる。床板の継ぎ目にしみわたると、私の足下を血の川が通過し、月光をうけてかがやいていた。寒さと、恐ろしさで、震えがとまらなかった。ナイフを引っ張り抜こうとするが、鳥の筋肉が刃をくわえこんでなかなか抜けなかった。

その日以降、鳥は以前のように、家の中をペンギンのような歩きかたで徘徊《はいかい》するようになった。最初のうち、その姿を不憫《ふびん》におもったが、やがて自分が彼を傷つけたのだという恐ろしさはうすれていった。もう空からなにかを落とすこともなく、彼にできることは、遠くにあるリモコンをよちよち歩きで運んでくることくらいだった。左の翼は完全にうごかすことができなくなっていた。たまに私は手を貸して、うごかない翼をひろげて日光浴させた。私たちはごくふつうの飼い主と鳥の関係になった。

鳥が食料や日用品を持ってこなくなったので、私は自分で町に出て買い物をしなくてはいけなくなった。外出することへの抵抗はなかった。だれかに危害をくわえるという可能性が消えたせいだ。自分のための食料や買い物の他に、鳥のための餌をペットショップで購入した。今度は私が鳥を養う番だった。

先生や友人に電話をして、学校への復帰もはたした。父が亡くなったことについて、はじめのうち友人は、どのように話を切り出すべきかまよっていた。しかし何日か経過すると、この数ヵ月間はなかったみたいに楽しく会話をすることができるようになった。

税理士とも頻繁に電話をした。最初のうち事務的な話をしていても、やがて近況報告になり、雑談していたらあっという間に時間がすぎた。彼は、私の生活を心配し、なにかこまったことがあったら連絡してほしいと言った。彼のことをかんがえる時間が次第にふえていった。ソファに座って、おもわず彼の名前をつぶやいてしまうと、鳥が私のほうをふりかえり、リビングを出て行った。今の鳥は、彼を私のもとに運んでくることもできず、廊下を途中まで歩いたところで立ちどまり、あきらめたようにすごすごともどってきた。

四月なかばをすぎて、薄着でもすごしやすい日がつづいた。夕日が窓からさしこんで、屋根裏部屋に置いてある父の昔のワープロや、母の持っていた衣装箪笥《だんす》が赤色にそまっていた。

「おねがい、ちょっとだけここにいてちょうだい」

私は鳥を屋根裏部屋の檻におしこむと、入り口をしめて留め金をかけた。留め金は、ひっかけておくだけの、かんたんな造りだった。この鳥は頭の良さそうな雰囲気をもっていたので、自力ではずしてしまうんじゃないかと気になったが、税理士のやってくる時間がせまっていた。鳥が檻から抜け出さないための、それ以上の工夫をしている余裕はなかった。玄関チャイムが鳴ったのは、それからまもなくのことだった。

「あの鳥は？」

玄関扉を開けるなり、警戒するように彼は視線をさまよわせた。

「屋根裏部屋に。今、檻の中です」

片方の翼がうごかなくなったからといっても、まだあの鳥は、私の望むものを運んでこようとするのだ。家の中で対面したら、嘴でつついたり、足の爪でつかもうとしたり、するかもしれない。

「いいにおいがするね」

台所から料理の香りがただよっていた。すでに私は夕飯の支度をととのえていた。

彼が家にあがって私の手料理を食べることになっていたのだ。父以外のだれかにご飯をつくることはこれまでなかった。私は何日も前から、料理本をながめて、なにをつくるかかんがえていた。

彼をテーブルに案内して、料理を運んだ。夕飯は、春野菜をつかったパスタとスープだった。手軽につくれるものだったが、彼は感激していた。いつもどんなものを食べているのかと聞いてみたら、ほとんど外食なのだという。

食事を終えて、ダイニングのテーブルでコーヒーを飲んでいると、彼は、壁にあいている小さな穴を見つけた。その穴は天井付近にふたつあり、小指の先ほどの大きさだった。彼が質問する前に私は言った。

「銃弾の跡です……」

私は今でも、朝になると、父が寝室から出てきて、あくびをしながら朝食のパンを焼き始めるような気がしていた。夜に眠れないとき、この家の書斎で父は殺害されたのだとおもいだし、怖くなることもあった。

「学校での生活は？　楽しい？」

雰囲気をきりかえるように彼が聞いた。

「勉強が難しいけど」

「このテーブルで宿題とかしてるの？」

彼は、さきほどまで夕飯のならんでいたテーブルに手をおいた。

「いいえ、自分の部屋です。勉強机でやってますけど？」

「ふうむ、そうなのか」

どうしてそんな質問をしたのかわからず、変なの、とおもった。

そのとき屋根裏部屋のほうから、ガタン、という音が聞こえてきて、私たちは同時に天井を見上げた。鳥が檻の中で暴れているのかもしれないとおもい心配になった。

「ちょっと様子を見てきます」

「僕もいっしょに行こうか？」

私は首を横にふって、一人で階段をあがった。

屋根裏部屋に入ると、銀色の檻が横倒しになっていて、入り口の留め金が開いていた。檻は空っぽの状態だった。私は鳥専用の窓を振り返った。鳥が頭を押しつけるだけで開閉するその窓は、上端が蝶番《ちょうつがい》でとめられているだけの単純な構造だった。たった今、そこを鳥がくぐりぬけて外に出たことを示すように、ぶらぶらと窓がゆれていた。

すぐにでも階段を駆け下りて、彼のもとに戻らなくてはいけなかった。危険な鳥がそばにいることを彼に告げなくてはいけなかった。しかし、すぐに一階へもどらなかったのには理由があった。階段のほうへむかおうとして、私はなにかにつまずいて転んでしまったからだ。床に這《は》いつくばった私のそばで、空っぽの鉢が転がっていた。以前、自分の部屋でそだてていた観葉植物の鉢だった。枯らしてしまった後、鉢を屋根裏部屋に放置していたのだ。それにつまずいてしまったらしい。

転んだ衝撃で、私は、鳥がいないことへの混乱を一瞬だけ忘れられた。そうすると別のかんがえが胸の中にひろがってきて、すぐに一階へ戻る気持ちがなくなった。私は階段を下りて、二階の自分の部屋にむかった。頭の中をよぎったかんがえが、まったく馬鹿げた発想であることを確認するためだ。

ベッドに腰かけていると、階段の軋《きし》む音がした。いつまでももどってこないことを不審におもったのか、一階にいた彼が様子を見にきたのだろうか。気配が廊下を移動してきて、私の部屋の入り口で立ち止まった。私は扉を開け放していたので、室内を覗《のぞ》く彼と目があった。自分はよほど不安そうな顔つきをしていたのだろう。あるいは、恐怖におののくような表情を。

「僕が誤解だと主張すれば、きみはそれを信じてくれるかい」

私が彼を望んだから、あの鳥が襲いかかったのだと、今までおもいこんでいた。でも、本当にそうだったのだろうか。この世に一人だけ、伯父《おじ》以上に憎んでいる相手がいた。その人物なら、鳥は発見次第、ためらいなく攻撃するだろう。鳥はその人物の顔を知っている。なぜならあの鳥は、父が死んだ夜、一階でその人物に銃口をむけられたのだから。

「私のおもいこみだと、言って欲しいけど……」

彼が部屋に入ってきて、隣に腰かけた。父以外の男の人が私の部屋に入ったのは、初めてのことだ。しかし正確には、二度目になるのかもしれない。犯人は金品目的で家に入った。私の部屋に入った形跡もあったと、警察が話していた。

「こうなるなんて、おもってもいなかった。きみのことや、今の、この状態のこと……」

彼は私の頭を手のひらでやさしくなでた。私は身がすくんでうごけなかった。彼は私の首筋に指を這わせて言った。

「口をすべらせてしまうなんて……」

「どうして、あんなことを……」

「鳥がさわがなければ、きみのお父さんは起きてこなかっただろうし、今も生きていたはずだ。なにか盗まれてもどうせ保険に入っているから、損するのは保険会社だけさ」

涙がこみあげてきた。彼は上着の内側から、小さめの拳銃《けんじゅう》をとりだした。黒いリボルバーだ。硬い銃口が腹部に押しつけられ、私はその痛みと、悔しさと、恐怖で、固く目を閉じた。

あの晩、この家に侵入した彼は、私の部屋を見たのだ。後にも先にも、勉強机の上に植物の鉢を置いた夜はあの日以外になかった。この部屋で勉強はできないとおもいこみ、一階のテーブルで勉強しているのか、と私に質問する人がいるとしたら、あの晩、私の部屋に入った人物だ。

撃鉄を指で起こす音が聞こえた。彼にとっての不都合な相手を、消す準備が整った。私には、あらがうという選択肢がおもい浮かばなかった。そのとき、ガラスの割れる音がした。鳥の翼のはばたく音と、弾丸の発射される破裂音が交差した。体のすぐそばで、熱せられた空気が瞬間的にふくれあがるような圧力と風を感じた。痛みはなかった。頭を伏せて、目をあけた。

窓ガラスが破片になってちらばっていた。彼の顔に黒い鳥がおおいかぶさっていた。銃口は発射の瞬間、鳥に向けられたらしい。鳥は片方の翼だけをうごかしていた。飛べない体で屋根の上を移動し、私の部屋の窓を破ったのだ。するどいかぎ爪の足を、彼の肩と腕にくいこませていた。

彼は左手で鳥の首をつかみ、銃口をその体におしあてて引き金をひいた。そのたびに鳥の体がはじけるようにふるえた。これ以上、撃たれたら、鳥が死んでしまう。彼が何発目かを発射しようとしたとき、私はこらえきれなくなって、拳銃を持っているほうの腕に飛びついた。

銃口は鳥の体からそれて、次に銃声がしたとき、弾は私の耳をかすめて天井に穴をあけた。

「やめてください！」

彼の目を見て、私はさけんだ。彼は、おどろいたような顔をした。私が腕にしがみついて、声を荒らげるなど、想像もしていなかったのだろう。

「もうやめて！　その鳥を傷つけないで！」

彼は、乱暴に私をふりほどいた。まずは私からとおもったのだろう、銃口を私の心臓に向けた。そのとき、するどい嘴《くちばし》が彼の首筋にくいこんだ。引き抜かれたとき、鳥は、彼の体内につながっているひも状のものをくわえていた。それは赤色で、どうやら太い血管のようだった。鳥のついばんだ血管はよくのびて、彼も目をむいて自分自身のそれを見ていた。鳥が嘴をひねると、赤いひも状のものはぷつんと途切れた。彼私は拳銃を落とした。大量の血液が血管からあふれだし、部屋は赤色にそまった。私の体や、鳥にも、その血がふりそそいだ。それはとりかえしのつかない量の出血だった。彼は助けを請うような目で私を見たが、私にはどうすることもできなかった。

彼が床にたおれたきりうごかなくなった後、鳥もまたふらついて床にうずくまった。寒さにたえるように体をまるくしたが、うごかないほうの翼がだらんと床にたれていた。私はかけよって鳥の体に手のひらを当てた。銃弾による穴が翼や体にいくつもあいており、血で羽根がぬれていた。私はその場をはなれて、一階で警察に電話をかけた。私は泣きながら言った。すぐに車をだして、鳥を病院に運んでくださいと。

電話の後、ふたたび二階にあがってみると、鳥はさきほどの場所にいなかった。凄《せい》惨《さん》な状態の私の部屋には、若い税理士の死体が横たわっているだけだった。鳥の体から流れたものらしい血が、点々と廊下につづいていた。それを追いかけると、父の書斎にたどりついた。

父の椅子の足下に、その鳥はうずくまっていた。いつも父が仕事しているとき、鳥はその場所にいて、父の顔をながめていた。父が椅子の上から手をさしだすと、その鳥は頭をぐいぐいと手に押しつけていた。そのことをまだ覚えていて、怪我した体でここまでやってきたのだろう。

私は椅子のそばにしゃがむと、鳥の体を腕でだきつつんだ。鳥の呼吸するうごきが腕から伝わってきた。時折、小刻みにふるえが走り、体温がうしなわれつつあるのがわかった。私たちは車の到着を待った。鳥は青色の目で、椅子の背もたれを見つめていた。死につつあるというのに、その顔に恐怖はなかった。カーテンの隙間から、銀色の月明かりがさしこんでいた。書斎の机のペン立てや、置きっぱなしの原稿を照らしたあと、床に細長くのびて、父の椅子の足下でうずくまっている私と鳥の上にも光の帯はおりた。まるで父の手につつまれているかのような安らかな気配が書斎に満ちていた。木々の葉が風にそよぎ、こすれあう音が聞こえていた。

了

死者のための音楽

電気を消すのがこわくて、ねむるとき、いつも子守歌を歌ってあげなくちゃいけなかったよね。こわい夢を見ないように、手をにぎって、口ずさんでいたよね。あの子守歌は、わたしがあなたにのこしていく、たったひとつの贈り物なんだ。

一

＊＊＊

おかあさん、お友だちが、廊下のほうでまってるよ。みんな、心配そうな顔で、わたしが病室に入っていくのを見てたんだ。

電話を聞いて、仕事を全部、ほうりだしてきたんだよ。同僚たちも、みんな、おかあさんのこと気にしてたよ。

もうすこし発見がおそかったら、おかあさん、死んでたんだよ。時間になっても来ないから、おかあさんのお友だちが、わざわざ部屋まで見に来てくれたんだって。お風呂場《ふろば》にたおれてるおかあさんを見て、救急車をよんでくれたのよ。ねえ、おかあさん、どうしてなのかを、おしえて。なんで手首を切ったりしたの？

＊＊＊

最近また、耳がわるくなったみたい。美佐《みさ》の声がとおくに感じるの。でも、そのかわり、よけいにあの音楽が真にせまって聞こえてくるよ。

ほかのいろんな音が、まくをはったみたいにこもって聞こえるのに、あの音楽だけは、まるで透きとおった風のよう。何重にもかさなる歌声は、なにかに祝福をうけてるみたい。あの音楽を聞くたびに、胸をつかれたみたいにかなしくなるの。でも、それだけじゃない。よろこびさえもわいてきて、あらゆるきもちがいっせいに咲きほこって、心の中が色でいっぱいになるの。

はじめてあの音楽を聞いたのは、まだ十歳のときだった。

＊＊＊

おかあさんが子供のころに住んでた町、わたしも何回か行ったことあるよね。町なみをながめて、ずいぶんきれいになったって、おかあさんはおどろいてた。むかしはもっと、ごちゃごちゃしていて、道ばたに雑草がはえていて、プレハブの小屋にみんな住んでたって。夏に風がふくと、熱い砂がまきあげられて、足に当たって痛かったって、話してくれたね。

いっしょに川沿いの道をあるいたっけ。あの光景、今もよくおぼえてる。川の水はすんでいて、泳いでる魚の影が見えたよね。おかあさん、たちどまって川を見つめてこう言ったのよ。

「ここで昔、おぼれたことがあるの」って。

＊＊＊

美佐が学校の先生になったとき、おじいちゃんの血をひいてるんだ、っておもったものよ。教師といっても、おじいちゃんみたいになったらいけないよ。わたしの耳が生まれつきわるいのは、子供のころ、おじいちゃんが強くぶったせいだって、おばあちゃんは言い張ってたっけ。

でも、おじいちゃんは、わたしの耳がわるいのは、おばあちゃんのせいだって言うのよ。妊娠中におばあちゃんが吸っていた煙草のせいだって。

自分に原因があるのかもしれないって、二人とも、うすうすおもってたんじゃないかな。自分のおこないのわるさが、めぐりめぐって、子供にのしかかったんだって。わたしの耳がとおいのは、自分のせいかもしれないって。それが心苦しくて、相手のことをせめてしまったのかもね。

わたしの耳のことが、いつもケンカの引き金になってたの。なんだか、わたしのせいで二人がケンカしてるみたいで、つらかったよ。ほんとうはどっちでもないのにね。ただ、運がわるかっただけなんだよ。わたしはだれもうらんでなんかいないよ。わたしは二人のことが、すきだったんだよ。こまった人たちだったけどね。

川でおぼれた日も、おじいちゃんとおばあちゃん、家の中でケンカしていたの。友だちとあそんで、帰ってくると、家の外まで怒鳴り声が聞こえてくるのよ。おばあちゃんが、浮気をしたとか、しなかったとか、そんな話が近所中に聞こえていたのよ。仲裁にはいることもあったけど、その日はくたくたにつかれていたからね、外で時間つぶししていることに決めて、わたしがぶらぶらあるいていると、近所の人たちがふりかえって見ていたよ。

みんなのいるところには居づらくってね、あんまり人がこない町はずれまであるいて川縁《かわべり》にこしかけたのよ。川の縁に草木がはえていて、チョウチョがとんでいたの。その様子がとってもきれいでね、チョウチョに手をのばそうとしたときだった。すわっていたところの地面がくずれて、川の中にドボンとおちたのよ。

知ってるでしょう、わたしが泳げないってこと。服が水をすって、体がおもくなって。口の中に水がはいってきて、あんなに水をのんだのははじめてよ。意外と深いのよ、あの川。子供の身長を、すっぽりのみこむくらい。ひっしに手足をうごかしたけど、だめだった。

体がしずんでしまうとね、水がきれいなものだから、上流や下流のはてまで見えたのよ。魚たちが泳いでいたり、藻がそよいでいたりする様子まで。頭上の水面《みなも》で、太陽がかがやいてたっけ。自分は死ぬのかな、とおもったの。そのとき、あぶくの音のむこうから、うつくしい音楽が聞こえてきたのよ。

下流のずっとむこうから、水をつたってきて、わたしの耳にとどいたようにおもえた。楽器の演奏と、人の歌声だった。

楽器の音色は、バイオリンのようでもあるし、オルガンのようでもあった。あわくて、はかない音だったの。

歌のほうはね、おおぜいの子供たちが、いっせいにささやいてるみたいだった。なんと歌っているのかもわからないし、そもそも日本語でもないみたいだったけど、それはたしかに歌だったよ。

演奏と歌声は溶けあってたの。楽器の音は歌声の一部になり、歌声は楽器のすきまをうめて、ふたつがよりあわさって長い糸みたいになっていた。音楽、という名前の細長い糸。それが下流のはてからずっとつづいてわたしのそばをとおりすぎて、さらに上流のほうにのびていたの。

わたしの耳はわるいはずなのにね。その演奏と歌声は、はっきりと、なによりもたしかに聞こえたの。あんなにうつくしいものに、わたしはふれたことがなかった。ふとした瞬間にとぎれてしまいそうな、蜘蛛《くも》の糸みたいな音楽だった。体重がきえて、腕や足から力がぬけていってね。自分の体の表面がどこまでなのか、どこから先が川の水なのか、わからないようになった。

ぎゅっと心がつかまれるような、泣きたくなるような、そういう音楽。

死にそうになるたびに、どこからともなく、それが聞こえてくるの。

水中に一時間くらいいたような気がするって、ふしぎがってたよね。夢を見ているときのような時間の流れかただったのかもしれないね。わたしも経験があるよ。数十分の睡眠時間なのに、一生分の人生を夢の中で体感したような気分。

でも、おかあさんが川でおぼれていたのは、ほんの数分間。すぐに近所の人がたすけてくれたんだってね。

二

＊＊＊

川でおぼれたあと、何日間か入院したんだ。おじいちゃんやおばあちゃんが、あのときだけはやさしくしてくれたっけ。川の中で音楽を聞いたこと、しんじてくれなかったんだ。先生や、なかのいい友だちがおみまいにきてくれて、みんなに話してみたけれど、だれもね。

結局、あの音楽はなんだったんだろうとおもってね。気になったから、それ以来、ひまな時間ができると、ラジオにはりついて、あの音楽が流れないかと、まつようになったんだ。あの曲の雰囲気から、クラシックじゃないかとおもったんだけどね。いまだにあの曲がラジオから流れたことはないんだよ。

耳がとおいから、ラジオの音量をおおきくして、スピーカーに耳をくっつけて聞いていたんだ。音がおおきすぎて迷惑だって、よくおじいちゃんにしかられてたよ。

当時のわたしは、あの音楽が、人の手によるものだとおもっていたんだ。だれの作曲で、なんという人たちが合唱しているのかを、しらべたかったんだよ。川の周辺をあるきまわって、近所に、音楽好きの人がすんでいないかどうかをさがしてみたりもしたっけ。そのお家《うち》がレコードで音楽を聞いていて、それが川の中にまでとどいたのかもしれないっておもったんだ。結局、そんなお家はなかったんだけどね。わたしはそれからずっと、あの音楽をさがしていたんだ。美佐も、知ってるよね。お金の余裕が出てきたとき、まっさきに買ったのがレコードだったものね。

＊＊＊

わたしはずっとふしぎだったよ。どうしておかあさんが、音楽に興味を持ったんだろうって。それも、聞いているのはクラシック音楽のレコードばかり。でも、自由にレコードを買い集められるようになったのは、本当につい最近だったよね。わたしがはたらきはじめるまでは、そんな余裕なかったよね。

＊＊＊

はじめてひとりぐらしをしたアパートは、小さな畳の部屋で、裸電球が一個だけぶらさがっているようなところだった。食事をぬいて、生活をきりつめて、なんとか生きのびたんだ。なかなか仕事がきまらなかったのは、耳のわるいのが影響していたんだとおもうの。工場の主任さんや、お店の支配人さんと話をしているあいだ、なんども聞き返して、いらつかせてしまったから。聞きとれなくて、気づかないうちに、眉間《みけん》にしわをよせていたかもしれない。わたしの印象、とってもわるかったんだとおもう。

町で知りあった人の紹介で、喫茶店ではたらかせてもらえることになったんだよ。店の掃除や、食器洗いをして、なんとかお給料をもらえてね。まっさきに買ったのがラジオだったんだ。アパートの壁はずいぶんうすくて、わたしの耳にも聞こえるような音量でラジオをつけていたら、隣近所の迷惑になるでしょう。だから、いつも分厚い布団をかぶってラジオを聞いていたんだよ。

雑音がまじって、聞き取りにくかったけれど、ラジオから流れてくる音楽に、神経を集中したんだ。川の底で聞いた音楽をもとめていたんだよ。曲が流れるたびに、これもちがう、あれもちがうって、くらべていたんだ。でもね、そうしているうちにいろんな音楽がすきになっていったんだ。書店で音楽の本を立ち読みするようになったし、音楽の歴史についてもくわしくなったんだ。作曲の方法についてもすこしだけ勉強したんだよ。

あの音楽にちかいものを、いくつか見つけたっけ。たとえば、モーツァルトやフォーレのレクイエムだったりね。人の死を悼むような、神様に許しをこうような、そんなきもちにさせられるところがいっしょなんだ。レクイエムのレコードを何枚も持っていたこと、美佐も知ってるよね。いろんな指揮者のものをくりかえし聞いたけど、わたしは本当の意味で演奏を聞いていたんじゃないのかもしれないね。わたしはきっと、レコードから流れてくる音のむこうに、川の中で聞いた調べをさがしていたんだよ。似た音をさがして、ひとかけらでもいいから、ひろいあつめたかったんだよ。指揮者の方には、わるいことをしたかもしれないね。

＊＊＊

おとうさんに出会ったのは、喫茶店ではたらいてるときだよね。当時の写真を、よく見せてもらったよね。二人が喫茶店の椅子にすわって、わらってたよね。いっしょにインベーダーゲームをしてる写真とかね。髪型や服が昔の感じで、わたしはあの色あせた写真を見るたびに、なんだか楽しくなるんだ。

おとうさんが店に来た最初の日、店にたまたまおかあさんしかいなかったんだよね。注文をとりにいったけど、聞きとれなくて、何度も注文を言わせてるうちに、二人ともわらいがとまらなくなってきたんだよね。おかあさん、この話をするのが好きで、なんどもわたしに聞かせたよね。

おとうさんの写真、全部、大事に保管してるよ。おかあさんと二人で、布団にねころがって、いつもながめてたよね。わたしが二十歳になったときだっけ。おかあさんといっしょに行った温泉。あそこが新婚旅行で行った場所だったんだよね。おかあさん、なつかしそうにしてたっけ。わたしは想像したんだよ。おかあさんとおとうさんが、肩をならべて音楽を聞いたり、ちいさな食卓でごはんを食べたりしてるところを。

＊＊＊

どうしてあんなことが起こるんだろうね。わたしは今でも、あのときのことを後悔してるんだ。家を出るのが十分でもはやかったら、あんな交通事故にまきこまれることはなかったんだよ。

高速道路でトンネルにはいったとき、前のほうにいた車が事故を起こしてね。急に破裂したみたいにガラスを飛び散らせたんだ。おとうさんはすぐにブレーキをふんだみたいだけど、だめだった。後ろからも車がせまってきてね。わたしたちの車、はねとばされて、さかさまになってころがったんだ。

上下が逆になって、わたしはシートベルトで座席につるされてた。おとうさんの、だらんとたらした腕をつたって、血がしたたっていたよ。あたりにとびちっていたガラスの破片に、トンネルのオレンジ色の照明が当たって、きらきらとかがやいてたんだ。まるでたくさんのろうそくに火をともしたみたいにね。

わたしの体にのこっている傷を、美佐にも見せたよね。あそこから血が流れでて、おとうさんのとまじりあったんだ。耳がわるいせいなのか、音がなんにも聞こえなくてね。おとうさんの命は、きらきらと光る、ガラス片の中へしみこんでいってしまったんだ。あの人には聞こえたかしらね、あの音楽。

わたしには聞こえてきたんだよ、川の中で聞いたのとおなじものが。出血のせいで頭がぼんやりしはじめたときだよ。体がうごかないし、怪我しているみたいなのに、痛みさえ感じない。

ひしゃげた車が煙をふいていて、炎もあがっていて、トンネルの中はすさまじい状態だった。そんな中で、だれが演奏していたって言うんだろう。あの楽器の音は、バイオリンのように運命的で、オルガンのように厳粛だった。はかなくとぎれてしまいそうな音楽が、トンネルの奥のほうからのびてきて、わたしたちの耳元にとどいたの。弦楽器とも、気鳴楽器とも判別のつかない音色と、大勢のささやいているような歌声。あれは、音楽という名前の糸なんだよ。どこかで織り上げられ、空中にふわりとうかびあがって、風にのってはこばれるみたいにね。ゆらゆらと細ながく、その音楽はどこか遠くからわたしたちのもとにつづいていたんだよ。

炎と熱で充満していたトンネルに、水が満ちたみたいに感じられたんだ。あの音楽につつまれたら、憤りも、くやしさも、悲しみもなくなる。わたしたちはただ、耳をすませているだけでいい。だれかの大きな意思に身をまかせているだけでいい。わたしはあの音楽の聞こえてくる場所へ行きたかった。安らぎに満ちた、深い呼吸のような、あの音楽のもとへ。

でも、気づくとわたしは病院にいたんだよ。おとうさんはもういなくて、おなかに、あなただけがのこされていたの。

三

どんなことがあっても、おかあさん、泣かなかったよね。きっと、わたしが不安におもわないように、わらってくれていたんだよね。おかあさんがレコードプレイヤーを持ってかえってきたときのこと、今でもよくおもい出すんだ。あれはわたしが小学三年生のときだっけ。古いものをゆずりうけたんだよね。古いレコードも何枚かもらって、夜にいっしょに聞いたよね。ふしぎでしかたなかったんだよ。円盤が回転してさ、そこに針をおとしたら、ちゃんと音が聞こえてくるんだよね。あんなうすい円盤の中に、声や、楽器の音がふうじこめられてるなんてね。

おかあさんといっしょにレコードを聞くのがすきだったよ。おかあさんはスピーカーに耳をおしつけるようにしてたっけ。目を閉じて、わたしのことなんてすっかりわすれてるみたいだったよ。わたしの耳、健康な状態で生まれてきたことを、おかあさんはいつも、ほこらしそうにしてたよね。でも、わたしよりもおかあさんのほうが、ずっと確かに音を聞いていたんじゃないかっておもうんだ。人よりも耳がとおいぶん、聞こえた音にたいしては、注意深く、繊細だったんじゃないかな。おかあさんは、一度でも耳にした音楽は、たいてい、わすれずにおぼえてた。ラジオから流れてきたクラシック音楽に、ちょっとだけ耳をすませて、だれの指揮の、何年頃の演奏なのかを言い当てたものね。おかあさんには、音楽の才能があったんじゃないかって、わたしはおもっていたんだ。もしも生まれ育った環境がちがっていたら、音楽の道にすすんで、大勢の人を魅了していたんじゃないかって……。

わたしの夢は、いつかおかあさんを、クラシックの演奏会につれていくことだったんだよ。でも、ふつうの席だったら、おかあさんの耳には、うまく聞こえなかったかもしれないね。それに、生きていくだけで精一杯だったから、演奏会なんて、夢みたいな話だったよね。

＊＊＊

あのころ、わたしがああいう仕事をしてたせいで、クラスのお友だちから、ひどいことを言われたんだよね。でも、いじめられてること、わたしにはずっとかくしてたよね。学校でお友だちとおしゃべりしたことを、たのしそうに報告してたもんね。わたしがかなしまないように、わざと、そんなふうにふるまってたんだよね。

ごめんね。ほかに、生きていく道をさがしたんだけど、それ以外に仕事が見つからなかったんだよ。学校から帰ってきたあなたを、夜おそくまで、部屋に一人きりにさせちゃったよね。あなたは、なんともないふりをしてたけど。夜に一人でいるのが、ほんとうはこわかったんだよね。わたしに迷惑かけまいとして、がんばってたのよね。むかしからあなたは、夜をこわがってたものね。ねむるとき、部屋の電気を消そうとしたら、ぎゅっとわたしの手をにぎりしめてた。

あなたに、もっとすてきな子供時代をすごさせてあげられたら、どんなによかっただろう。あんなにちいさくてきたない部屋なんかじゃなくて、もっと広いおうちだったら、お誕生日に友だちを呼んであげられたのに。服もなかなか買ってあげられなくて、知りあいにもらってきたものを着てたよね。

＊＊＊

おかあさんが服に刺繍《ししゅう》してくれたの。わたしはあれが大好きだったんだ。レコードで音楽を聞きながら、花や鳥を刺繍糸でつくってくれたよね。おかあさんが夜に帰ってくるまで、それをながめて、なんとか、泣かずにいられたんだ。

部屋にわたししかいないとき、クラスの男子が玄関におしっこをひっかけて逃げたことがあるんだよ。いやになっちゃうよね。おかあさんが帰ってくるまでになんとかしなくちゃとおもって、バケツに水をくんで、あらい流したんだ。

あのころ大変だったけど、わたしは、そんなにつらくなかったよ。一番、たくさんのことをおもい出せるのが、あのころのことなんだ。わたしはあのちいさな部屋が好きだったし、そこでおかあさんといっしょにレコードを聞くのがたのしみだったんだ。

わたしの誕生日に、いっしょに町へ出かけたよね。そのとき、おかあさんが、服を買ってくれようとしたんだ。デパートで、どれでも好きなのをえらんでいいよって、おかあさん、言ってくれたよね。でも、わたしは服をえらべなかったんだ。食費のことや、家賃のことが心配だったんだよ。ここでお金をつかっていいのかなって。

気にしないでいいのよ、っておかあさんが言ってくれてるのに、わたしはいつまでも遠慮してたんだ。そしたらおかあさん、顔をおおって泣いたよね。ごめんねって、わたしにあやまってたよね。おかあさんがわたしの前で泣いたのは、あのときだけだった。わたしこそ、ごめんねって、言いたかったんだ。

＊＊＊

おじいちゃんとおばあちゃんが亡くなったのは、美佐が中学生のときだったね。中一のときにおじいちゃんが先にね。怒ると手のつけられない人だったけど、あなたに会うのをいつもたのしみにしてたのよ。やっぱり、自分の孫って、かわいいものなんだね。

お葬式のあとで、わたしと、あなたと、おばあちゃんの三人で、食事をしに出かけたのをおぼえてる？　あなたがトイレに行ってたとき、おばあちゃん、わたしに言ったの。

「あなたの耳がわるいのは、あなたがおなかにいるとき、わたしが煙草をやめなかったせいだよ。だから、わたしを責めていいのよ」って。

おばあちゃんが、あんなことを言ったの、はじめてよ。いつも、おじいちゃんのせいにしてたのに。前にも言ったかもしれないけど、わたしの耳がとおいのは、だれのせいでもないのよ。わたしは、言ってあげたの。耳がわるいことなんて、すこしも気にしたことないって。そんなことよりも、生まれてこられただけで、わたしは、もうけものなんだって。

＊＊＊

おばあちゃん、まるで後を追うみたいだったね。

病院で、返事をしないおばあちゃんにむかって、話しかけてたよね。

「ねえ、音楽は聞こえてる？」

おかあさんは、そう聞いたんだ。しわくちゃの手をにぎりしめて。

＊＊＊

わたしが工場の食堂ではたらきはじめたのは、美佐が高校にかよいはじめたころだったね。つとめていたお店がつぶれちゃって、お客の方に推薦状を書いてもらったんだ。美佐もバイトをしてくれたおかげで、そのころからすこしずつ、わたしたちの暮らし、楽になったよね。バイトで貯めたお金で、わたしのために、あたらしいレコードや、ヘッドホンを買ってくれたよね。

引っ越しのとき、おぼえてる？　あなた、荷物を箱詰めしていたら、なんだか、かなしくなってきちゃったって、涙目になってたよね。美佐にとっては、生まれたときから住んでいた部屋だものね。おとうさんの写真を持って、引っ越しのトラックに乗ったよね。

あなたはいつのまにか、わたしとおなじくらいの背丈になっていて、耳のわるいわたしのかわりに、電話で人とやりとりしてくれるようになってた。時間がすぎるのって、はやいのね。わたし、役目を終えたようなきもちになったのよ。だって、あなたが大人になるまでを、見守ることができたんだもの。つらいこともあった。でも、そんなときはあの音楽のことをおもい出すようにしてたのよ。この世のものとはおもえない、うつくしい音楽。頭《こうべ》をたれて、泣きふしてしまいたくなるような。おもいだすだけで、すべてのことがゆるされるの。手首を切ったのは、悩みごとがあったわけじゃない。ずっとむかしから、そうしようって、決めていたのよ。わたしは、あの音楽のそばに行きたかったから。

四

おかあさん、おかあさん。

昨日、病院からもどったら、うちに手紙が郵送されてたよ。おかあさんから、わたしあてに。手首を切る前に、ポストに投函《とうかん》してたんだね。さいごのおわかれにって、手紙をのこしておいてくれたんだね。それを読んで、すぐに図書館へいってみたんだ。臨死体験についてしらべてみようとおもってね。世界中の人が、死にかけたとき、いろいろな体験をしているみたいよ。たとえば大きな川を見たり、花畑を見たり、死んでいる家族に会ったり。おかあさんが聞いたっていう歌も、それにちかい体験なのかもしれないね。そういうのは、死ぬ直前の脳が見せる幻覚だって主張する人もいるけど。わたしは、そこまでわりきれないよ。

おかあさんの聞いた音楽、むこうがわの世界からもれ聞こえてきたものなんじゃないかな。むこうがわに、ぎりぎりまで接近したとき、世界の境目があいまいになって、歌声がもれてきたんじゃないかな。むこうがわで、きっとだれかが楽器を奏でて、歌っているんだよ。

＊＊＊

あなたがいたから、わたしは今まで、生きてこられたんだよ。もしもあなたを産んでいなければ、おとうさんがいないことに、たえきれなかったよ。あなたをまもらなくちゃ、っていうおもいが、わたしをつよくしていたんだ。あなたの心が、まがってしまわないように、良い母親でいるようにつとめたんだ。きちんとそれができていたらいいんだけど。わたしはあなたにとって、良い母親だったかしら。

もうそろそろ、あの音楽のそばに行ってもいいかな。あれは神様がわたしにくださった贈り物なんだ。本当のことを言うと、川でおぼれた日からずっと、あの音楽のことで頭がいっぱいなんだよ。もちろん、おとうさんのことも、あなたのことも愛していた。だけど、あの音楽は、もうわたしの一部みたいなものなんだ。だから、この手紙を書き終えて、ポストに投函したら、あの音楽のそばに行こうとおもってるよ。

＊＊＊

おかあさんが目を覚ますのを、みんながまってるよ。ずっとそばについてるからね。わたしが手をにぎってるの、わかる？　おかあさんの手、しわしわになっちゃったね。わたしに愛する人ができたのも、おかあさんのおかげなんだよ。だって、彼とはじめて会ったのは、クラシックコンサートのポスターの前なんだ。わたしはポスターをながめて、おかあさんのことをおもい出してたんだよ。

音楽の聞き方をおかあさんからおそわった気がするんだ。あの小さな部屋で、古いレコードプレイヤーをつかってね。わたしがクラシック音楽にくわしくて、それがおかあさんの影響だって知って、彼はこう言ったの。

「きみのおかあさん、いいところのお嬢さんなの？」

変な感じよね。

でも、手紙を読むまで、死ぬ間際に聞こえる音楽のことなんて知らなかった。川でおぼれたことは聞いてたけどね。おかあさん、わたしにまでひみつにしてたんだね。おかあさんが目をさましたら、わたしは、怒ってやるつもりなんだ。

でも、うすうす、なにかひみつにしていること、気づいてたよ。わたしはてっきり、だれか好きな人がいるんじゃないかって、想像してたんだ。だって、とおくにいる人のことをおもい出してるような顔で、音楽を聞いてるんだもの。手紙を読んだ今ならわかるけど、むこうがわの世界にいる、おとうさんのことを、かんがえていたのかな。

＊＊＊

小説で物語を読むように、楽譜に目をとおして、それがどんな音楽なのかがわかるようになってきたの。聴力が人よりもおとっているぶん、音楽にたいして、ふつうとはちがった読み方ができていたのかもしれないね。ちょうど、あなたがおなかのなかにいて、仕事できない状態だったときのことよ。わたしはあのころ、まだ二十代で、なにかをはじめるのにおそくなかった。わたしは書店にかよって、いろいろな作曲家さんの楽譜をながめてすごしたの。楽器はちっとも弾かなかったけどね。音楽の大学にかよっている人たちがうらやましかったけど、わたしには学費なんてはらえないし、そもそも耳がとおいせいで先生の話なんて聞こえないかもね。

はずかしくって、今までずっとだまっていたけど、音楽をつくってみたの。あなたを産んで、だっこしてあやしながら、楽譜に音符をならべたの。もちろん、ほんとうの作曲家みたいに、ゼロから自分でつくりあげたものじゃないの。わたしにはお手本があった。記憶をほりおこして、書き写すだけだった。

川でおぼれているときに聞いた調べを、炎と煙が充満したトンネルに流れていた曲を、この世に書きとめておきたかったの。クラシック音楽のレコードを何百枚、聞いても、あんなにうつくしいものはなかった。歴史にのこっている偉大な作曲家は、すべてあそこにむかっていたのかもしれない。わたしは、彼らのゴール地点をかいまみて、それを書きとめるというずるをしたんだ。

でも、結局は、あの音楽を十分の一も再現できなかった。いくつかの、うつくしいかけらを、ふうじこめることはできたけどね。むこうの世界から、全部を完璧《かんぺき》に持ってくることはできなかった。結局、だれにもその楽譜は見せなかったよ。耳のわるい、ただのおばさんの作曲したものに、どれだけの価値があるでしょう。聞いてくれるのは、あなただけでかまわない。その楽譜、おとうさんの写真といっしょにしまってあるから。いつか、ひまなときにながめてみてね。

＊＊＊

わたしの名前、おとうさんがつけてくれたんだよね。わたしが生まれるずっと前、女の子ができたら美佐にしようって言ってたんだよね。キリスト教のミサからとったのかな。おとうさんには、例の音楽のことをおしえてたんだね。きっと、レクイエムにひっかけたんだろうね。おかあさんが聞いた曲は、亡くなった人の安息をねがうために、だれかが歌ってくださっているんだって、おとうさんはかんがえていたんじゃないかな。

わたしもいつか、それを聞けるかな。それとも、おかあさんだけが聞くことをゆるされてるのかな。こわくないように、今までがんばったごほうびにって。

おかあさんのこと、しあわせそうな顔だって、みんなが言ってたよ。ずっと音楽を聞いてたんだね。約束どおり、そばにいたよ。病室に泊まってもいいって許可をもらったんだ。おかあさんと手をつないで夜をすごしてたらね、むかしみたいだったよ。まだわたしがちいさかったころ、よく手をつないでねむってたもんね。

手をにぎってたから、その瞬間がわかったよ。おかあさんの手、つめたくなっていったの。海水がひいていくみたいにね。むこうのほうに、おとうさんがいるのを見つけた？　おじいちゃんや、おばあちゃんは？　音楽を奏でていた人は、どんな方だった？　どんな人たちが歌ってたの？

おかあさんの楽譜、さがしてみたよ。みじかい曲だったから、ほかにもあるんじゃないかっておもったけど、紙切れ一枚しかなかったよ。ピアノを弾ける友だちに見せて、演奏してもらったんだ。おかあさんが、この世とあの世の境目からもちかえってきた音楽……。おかあさんが、わたしをねかせつけるときに口ずさんでいた子守歌、あれだったんだね。

おかあさんがあれを歌ってくれると、わたしはよくねむれたんだ。息がやすらかになって、夜の暗闇もこわくなかった。心からぜんぶの不安が消えて、わたしは夢の世界におちていった。おかあさんがそばにいるんだってことを、おしえてくれる歌だったんだ。目を閉じて、その姿は見えないけど、わたしには、守ってくれる人がそばにいるんだってことを。

＊＊＊

あの曲は、死者への慈悲だったのかもしれないね。こわくないように、むこうの世界にいるどなたかえらい人が、とどけてくださってたのかもしれないね。もう楽になっていいからね、っておっしゃってくれてるみたいよ。わたしは、だから、ちっともこわくない。それは、あらゆることをゆるして、だれかにだきしめてもらうような歌声なんだ。すべての死者は、あの音楽を聞きながら、眠りにつくのかもしれないね。そうだったらいいのにと、わたしはおもっているよ。

いままでありがとう、美佐。部屋を暗くするとき、あなた、いつもわたしの手をぎゅっとにぎってたよね。電気を消したら、わたしまで消えちゃうんじゃないかって、心配だったのね。でも、だいじょうぶよ。部屋がまっ暗になっても、わたしはあなたのそばにいたでしょう。これからは、こわくなったら、楽譜をごらんなさい。わたしはそこに、音楽をのこしていったよ。

了

解説

東　雅夫

本書『死者のための音楽』は、二〇〇四年に彗星《すいせい》のごとく怪談文芸シーンに登場した謎の作家・山白朝子の第一短篇集であり、収録作は表題作を除いて、すべて怪談専門誌『幽』（メディアファクトリー／株式会社KADOKAWA発行）に掲載された作品である。

収録作の初出を、発表順に掲げておこう。

「長い旅のはじまり」『幽』第二号に掲載（二〇〇四年十二月発行）
「井戸を下りる」『幽』第三号に掲載（二〇〇五年六月発行）
「未完の像」『幽』第四号に掲載（二〇〇五年十二月発行）
「鬼物語」『幽』第五号に掲載（二〇〇六年六月発行）

「黄金工場」『幽』第六号に掲載（二〇〇六年十二月発行）
「鳥とファフロッキーズ現象について」『幽』第七号に掲載（二〇〇七年六月発行）
「死者のための音楽」同名の単行本に書き下ろし収録（二〇〇七年十一月）

山白朝子は、これ以降も、道中記作家の和泉蠟庵《いずみろうあん》と旅の仲間たちを主人公にした不可思議な味わいの時代怪談連作を『幽』と姉妹誌の『Mei（冥）』に連載しているが（その一部はすでに単行本『エムブリヲ奇譚』として上梓《じょうし》されている）、これら二誌以外の媒体に作品を寄稿したことは一度もないし、インタビューの類も『幽』の親雑誌である『ダ・ヴィンチ』に載っただけで、その際も著者近影などは一切なく、プロフィールの詳細が明かされることはなかった。

これはプロ作家としては異例のことと云わざるをえないが、それも道理、山白朝子とは、とある有名作家氏の別名義なのである（インターネット検索で「山白朝子」と入力すれば、たちどころに判明することだが、後述の理由により、本稿では実名を明かすことはせず、仮にOさんと呼ばせていただくことにする）。

そしてまた、かく申す私自身が『幽』編集長として、山白朝子の誕生に少なからず関わることになったわけで、それゆえ今回の解説は、いつもの文芸評論家モードではなく、もっぱら怪談専門誌編集長モードで書かせていただきたいと思う。

さて、二〇〇四年六月に、怪談文化と怪談文芸の再興を旗印に掲げて『幽』を創刊してから、早いもので十年目に入ろうとしている。

京極夏彦さんたちと『ダ・ヴィンチ』を舞台に続けていた〈怪談之怪〉という母体は一応あったものの、基本的にはゼロからの出発であった。

当時の「怪談」をめぐる状況は、なかなかに索然たるものがあったと思う。

なるほど〈新耳袋〉と〈「超」怖い話〉の両シリーズを筆頭に怪談実話のニューウェイヴが到来してはいたものの、それらを「文芸」と結びつける向きは、ファンの中でも未だ少数派であり（怪談に限らず実話もまた、まぎれもない文芸の一ジャンルなのに！）、一方、小説の世界でも、『ぼっけえ、きょうてえ』の岩井志麻子さんなど僅《わず》かな例外を除くと、怪談という分野に本気で取り組もうとする作家は、これまた少数派であった。

そして一般に怪談といえば、テレビの心霊オカルト番組や映画のホラーもしくはスプラッターを連想する向きが圧倒的多数を占めるという嘆かわしい状況が、相も変わらず続いていたのである。

しかしながら、文豪・佐藤春夫の言葉とされる「文学の極意は怪談である」に象徴されるとおり、怪談こそは文芸という営みの核心に位置づけられるものであり、夏目漱石、森鷗外から川端康成、三島由紀夫に至るまで、はたまた江戸川乱歩や司馬遼太郎や小松左京に至るまで、純文学／エンターテインメントの別なく、日本文学史にその名を留める大家たちは、ほぼ例外なく怪談に筆を染めているという厳然たる事実に変わりはない。

本物の怪談を現代に蘇《よみがえ》らせ広めるために、どうすればよいのか——『幽』創刊にあたって私が考えていたのは、小説であれ実話であれ漫画であれ、当代最高の書き手たちを結集し極上の作品を連載していただくことで、怪談小説や怪談実話や怪談漫画の真髄を、現代の読者に提示していただくこと、であった。

小説では綾辻行人、小野不由美、京極夏彦。

実話では加門七海、福澤徹三、平山夢明。

漫画では花輪和一、諸星大二郎、高橋葉介。

何の実績もない新雑誌の創刊号に、これだけの綺羅星《きらぼし》めく顔ぶれが御参集くださったこと自体が、およそこの世のものとも思えないほどの僥倖《ぎょうこう》であり、かつて多くの文豪たちを惹《ひ》きつけ創作へと駆りたてた怪談の魅力もしくは呪力を、更《あらた》めて実感させられたものだ。

幸いにも創刊号は好評をもって迎えられ、確かな手応えを感じつつ、二の矢を放とうとしていた……そんな頃合だったと記憶する。

Oさんが、怪談を書いてくださるかも知れません！

私と一緒に『幽』を起《た》ちあげた、メディアファクトリー側の責任者である女性編集者のKさん（以下、編集Kと略称）が、たいそう耳寄りな話を持ってきた。

Oさんは十代なかばの若さで、とある新人賞に入選しデビューしたのだが、その際、受賞作を高く評価したのが、余人ならぬ綾辻行人さんと小野不由美さんだった。かねて御両人と仕事を通じての交流があった編集Kは、Oさんのことをデビュー直後から注目していたのである。

一方、私は私で、Oさんの受賞作には清新な驚きを味わっていた。

吉村昭の短篇「少女架刑」——薄倖《はっこう》の少女が夭折《ようせつ》し、遺体を解剖されて、やがて荼《だ》毘《び》に付されるまでを、少女自身の透徹した視点から描いた衝撃の名作と奇しくも軌を一にするような着想の巧緻《こうち》な物語を、まだ十代、しかもデビュー作で書き果《おお》せた才能に、ただならぬものを実感したのだ。そのため、三冊目の短篇集（これまたデビュー作に劣らず、今にして思えば、怪談的なるものを随処に感得させる内容だった）が刊行された際には、当時関与していたオンライン書店の企画にことよせて、Ｏさんにインタビュー取材をしたこともあった。

面談していて、非常に印象的だったのは、物語づくりに際して、ジャンルから入るのでも、テーマやキャラクターから入るのでもなく、ある一場面が頭に思い浮かんで、そこからストーリーを組み立てていくことが多い……という発言だった。しかも、ある収録作（宇宙物でもモンスター物でもない、至って日常的な設定の話である）の場合は、映画「エイリアン」を参考にして物語の構成を考えていったと聞いて、ゲームやアニメや漫画といった映像文化、視覚文化を、それこそ空気のように、生まれたときから吸収して成長した世代ならではの小説作法だよなあ、と妙に得心させられるものがあった。

怪談文芸においては極めて重要なポイントのひとつとなる、現実と非現実との距離感が、われわれ旧世代とは根本から異なる書き手が出現したな、という手応えも感じた。この世とあの世、現世と異界が、截然《せつぜん》と分かたれて存在するのではなく、常に、微妙に、相互侵犯しているような感覚である。

実は、その頃からすでに、Ｏさんが怪談を書いたら、さぞかし斬新な、いまだかつてない作品が誕生するのではないかと、漠然とではあるが期待する気持ちがあったのだ。

……そんなこんなで、編集Kから報告を受けた際には、それは是が非でも実現させるべし、と督励したのは申すまでもない。

ただし、Oさんからは、今までとは別の筆名で書きたい、Oという名前は当面、伏せてほしいというリクエストがあった。

一切の予断を排して、作品そのものと虚心に向き合ってもらいたいという並々ならぬ思い入れが感じられて、こちらも身の引き締まる思いがしたことを懐かしく思い出す。

そして提示された「山白朝子」という筆名も、山裾《やますそ》に白い靄《もや》のたなびく朝ぼらけの光景、何かが始まろうとする予感を抱かせる、好《よ》いネーミングだと感じ入った。

かくして世に出ることになったのが、本書に収められた一連の作品である。

物語の設定は現代だったり、いつの時代とも定かではなかったり、さまざまだけれど、共通しているのはそれが、われわれ日本人にとって、たいそう懐かしく感じられる世界であることだろう。陰惨な物語、哀切な物語、そしてなにより（単行本の帯文で、乙一氏がいみじくも指摘されていたとおり）愛をめぐる物語――いま最も新しい怪談のスタイルを提示した本書は、同時に、われわれにとって怪談とは何だったのか、その根幹に関わる情念のスタイルを提示した書物でもあるのだと、私は思う。

二〇一三年十月　たそがれの国の季節に記す

（ひがし・まさお／文芸評論家・『幽』編集長）

本書は二〇一一年十二月にメディアファクトリーより
刊行された文庫本に加筆修正して文庫化したものです。

死者《しじや》のための音楽《おんがく》

山白朝子《やましろあさこ》

平成25年 11月25日　初版発行
令和７年　２月10日　14版発行

発行者●山下直久

発行●株式会社KADOKAWA
〒102-8177　東京都千代田区富士見2-13-3
電話　0570-002-301（ナビダイヤル）

角川文庫 18254

印刷所●株式会社KADOKAWA
製本所●株式会社KADOKAWA

表紙画●和田三造

●お問い合わせ
https://www.kadokawa.co.jp/（「お問い合わせ」へお進みください）
※内容によっては、お答えできない場合があります。
※サポートは日本国内のみとさせていただきます。
※Japanese text only

ISBN978-4-04-101076-1　C0193

◆◇◇

角川文庫発刊に際して

角川源義

第二次世界大戦の敗北は、軍事力の敗北であった以上に、私たちの若い文化力の敗退であった。私たちの文化が戦争に対して如何に無力であり、単なるあだ花に過ぎなかったかを、私たちは身を以て体験し痛感した。西洋近代文化の摂取にとって、明治以後八十年の歳月は決して短かすぎたとは言えない。にもかかわらず、近代文化の伝統を確立し、自由な批判と柔軟な良識に富む文化層として自らを形成することに私たちは失敗して来た。そしてこれは、各層への文化の普及滲透を任務とする出版人の責任でもあった。

一九四五年以来、私たちは再び振出しに戻り、第一歩から踏み出すことを余儀なくされた。これは大きな不幸ではあるが、反面、これまでの混沌・未熟・歪曲の中にあった我が国の文化に秩序と確たる基礎を齎らすためには絶好の機会でもある。角川書店は、このような祖国の文化的危機にあたり、微力をも顧みず再建の礎石たるべき抱負と決意とをもって出発したが、ここに創立以来の念願を果すべく角川文庫を発刊する。これまで刊行されたあらゆる全集叢書文庫類の長所と短所とを検討し、古今東西の不朽の典籍を、良心的編集のもとに、廉価に、そして書架にふさわしい美本として、多くのひとびとに提供しようとする。しかし私たちは徒らに百科全書的な知識のジレッタントを作ることを目的とせず、あくまで祖国の文化に秩序と再建への道を示し、この文庫を角川書店の栄ある事業として、今後永久に継続発展せしめ、学芸と教養との殿堂として大成せんことを期したい。多くの読書子の愛情ある忠言と支持とによって、この希望と抱負とを完遂せしめられんことを願う。

一九四九年五月三日

角川文庫ベストセラー

最後の記憶　綾辻行人

脳の病を患い、ほとんどすべての記憶を失いつつある母・千鶴。彼女に残されたのは、幼い頃に経験したというすさまじい恐怖の記憶だけだった。死に瀕した彼女を今なお苦しめる、「最後の記憶」の正体とは？

眼球綺譚　綾辻行人

大学の後輩から郵便が届いた。「読んでください。夜中に、一人で」という手紙とともに、その中にはある地方都市での奇怪な事件を題材にした小説の原稿がおさめられていて……珠玉のホラー短編集。

フリークス　綾辻行人

狂気の科学者J・Mは、五人の子供に人体改造を施し、〝怪物〟と呼んで責め苛む。ある日彼は惨殺体となって発見されたが!?——本格ミステリと恐怖、そして異形への真摯な愛が生みだした三つの物語。

殺人鬼　——覚醒篇　綾辻行人

90年代のある夏、双葉山に集った〈TCメンバーズ〉の一行は、突如出現した殺人鬼により、一人、また一人と惨殺されてゆく……いつ果てるとも知れない地獄の饗宴。その奥底に仕込まれた驚愕の仕掛けとは？

Another (上)(下)　綾辻行人

1998年春、夜見山北中学に転校してきた榊原恒一は、何かに怯えているようなクラスの空気に違和感を覚える。そして起こり始める、恐るべき死の連鎖！名手・綾辻行人の新たな代表作となった本格ホラー。